JN014430

時をつむいで

キラキラ輝くのは、
あたりまえの毎日

中村良江
NAKAMURA YOSHIE

幻冬舎 MC

五年生（昭和16年）の頃、淡路島にて（27頁参照）。男の子の水着は、ふんどしだった。

女学校での農作業。住吉南東部にて（昭和18年頃、52頁参照）。まもなく学徒動員で学校の勉強もできなくなってしまう。

洋裁学校も何校か通った。あびこの学校にて（昭和23年頃、73頁参照）。最後段の左が著者。各々自作の洋服。

著者の肉筆の原稿（「あとがきに代えて」190頁参照）。
原稿はすべて原稿用紙に鉛筆書き。

しながら学校が休みになるのを待った。
　夏休みに入って間もなく、よそゆきの服を着て新しく買ってもらった麦藁帽子をかぶった秋子は、父に伴われて田舎の小駅に降り立った。短いホームが一つあるだけの鄙びた駅に、たった一両だけの電車が止まって、降りたのは父と秋子の二人だけだった。駅を出て軒の低い藁葺き屋根の集落をすぎると、広い国道に出る。そこからは一直線の長い長い道を歩く。国道の両側には、どこまでも青々と

20×20

した田圃が広がっていた。

真夏の太陽が、父のかぶったカンカン帽と秋子の麦藁帽子に容赦なく照りつける。舗装された巾広い道路を歩いているのは、父と秋子の二人だけで辺りには全く人の気配はないたった一度だけ、のんびりと牛車を引く百姓のおじさんに出会ったきりだ。

歩きくたびれて、秋子は何度か

「おんぶしてよー」

と叫んでみたが、父は聞こえぬふりをして

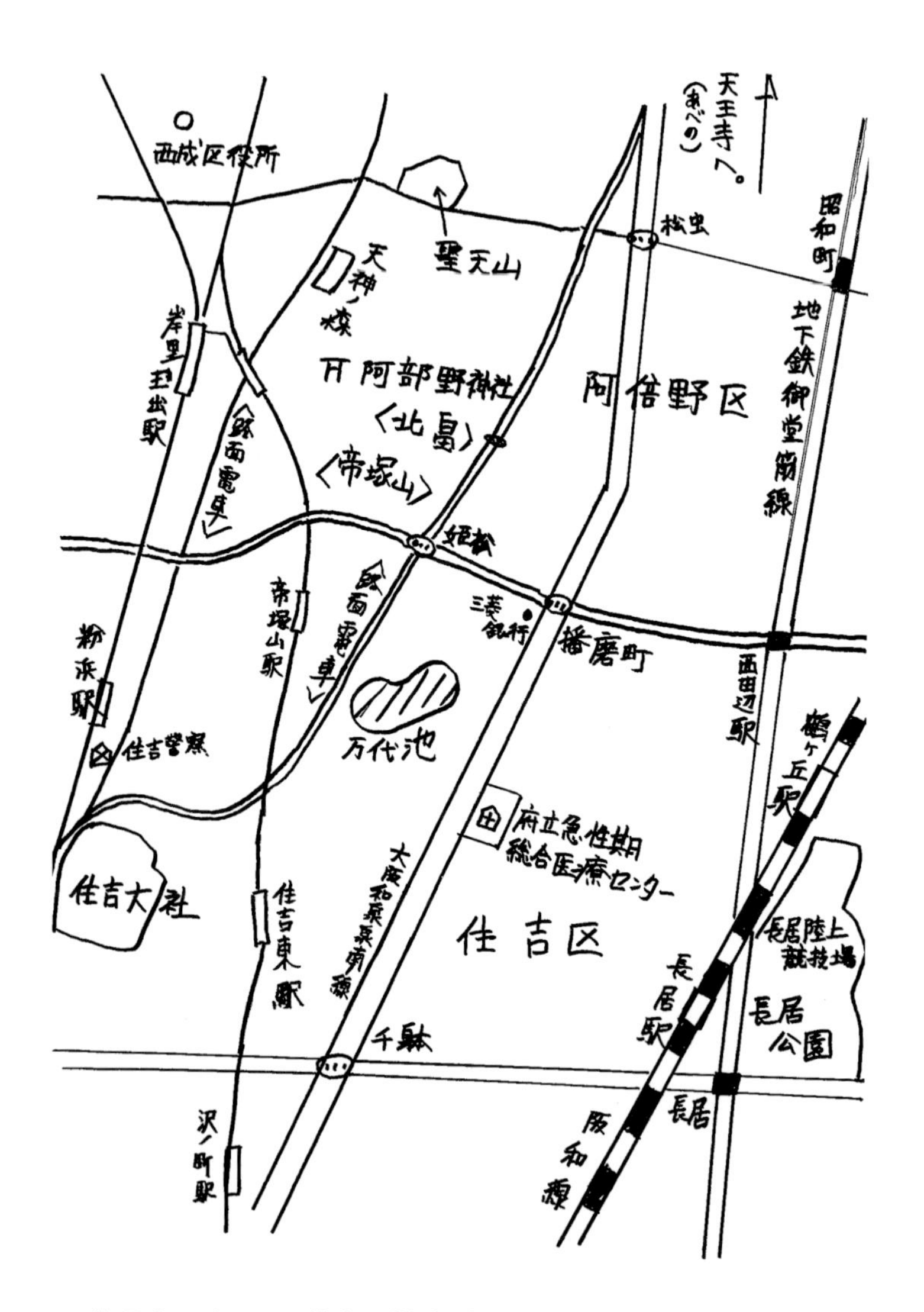

作品中に出てくる著者の散歩道。

- 万代池：145頁、171頁
- 帝塚山・北畠：146頁
- 阿部野神社：148頁
- 天神の森：150頁
- 聖天山：151頁
- 住吉大社：167頁
- 長居公園：164頁

時をつむいで

——キラキラ輝くのは、あたりまえの毎日——

目次

【激動の時代】

第1章　幼い日の思い出

1　誕生から幼稚園のころまで

母乳が飲めなかった赤ん坊

昭和の初期、世の中は不況のあらしが吹きまくっていた。失業地獄は深刻で、農村では娘の身売りは珍しいことではなかった。

そうした昭和五年六月二日、父今村秀勝、母ふみえの次女として、私は家からさほど遠くない産院でこの世に誕生した。この時、父は三十二歳、母は二十五歳だった。

父は大和平野の「山の辺の道」に程近い農家の次男坊として生まれた。十七歳の時に父親（私にとっては祖父）を亡くし、やがて二つ年上の兄が家督を相続した時に、大阪の大きな呉服屋へ奉公に出た。そして大正十五年、二十八歳の時に、母と見合い結婚をすることになる。

母は、父の生家とは数キロメートルしか離れていない、やはり農家の次女として生まれた。母は、自分が生まれるのと引き換えに実母を亡くし、祖母と継母に育てられた。

私の父と母はそれぞれに親類縁者から遠く離れ、大阪で世帯を持ったのだ。

昭和のはじめ、大阪の黒門市場に呉服の店を出していた父は、不景気のあおりをくらって店をたたむ羽目に陥った。そして大阪は西成区桜通りに住居を移すことになる。それからの父は店を持たず、得意先への外交で商いをするようになった。

店をたたんで暫くして私が母の胎内に宿ったころ、姉の多美子はよちよち歩きを始めていた。そんなある日、叔母（父の妹）が訪ねてきた時に、あぶなっかしい足どりで歩く多美子を見て「この子、歩き方がちょっとおかしいのとちがう？　診てもろうた方がいいのやないかしら」と母に言った。早速病院で診察を受けた結果、股関節が脱臼しているとのことで、まだいたいけな幼子はその場で腰にガッチリと重いギブスを巻かれてしまった。
「畳の上を、重いギブスを引きずるようにして移動する幼い子を見て、ふびんでならなんだ。殊に汗をかく季節はギブスを巻いたところにアセモが出来て、それがかゆいと泣く子にどうしてやることもできずに、一緒に泣きとうなったもんや」と、母は後々述懐していた。

今は、乳児の股関節脱臼はバンドで矯正出来るようになったらしいが、当時は子も親も随分とつらい思いをしていたのだ。店をたたんで気持ちが落ちこんでいたところ、多美子の股関節脱臼、それに加えて私を妊娠中の体で、母の神経は相当にまいっていたようだ。私が生まれた時、母の母乳は一滴も出なかった。

身近に貰い乳を頼める人もいなくて、父と母は、私をおもゆと滋養とうで育てた。滋養とうというのはどんなものかよくわからないけれど、牛乳屋さんが毎日配達してくれたらしい。栄養の足りない乳児期の私は、「やせて手足が細く、おなかばかりが大きくふくれた赤ん坊やった」と、いつのころか銭湯へ一緒に行った時、父が言っていたことを覚えている。毎晩のように夜泣きをする私を抱いて、父は寝静まった夜の町を「ねんねんよー、ねんねんよ」と、あやして歩いた。

粉ミルクのなかった時代、どんなにか大変な育児だったことだろうか。私が二歳になった時、弟の信幸が生まれた。彼は母乳をたっぷりと飲んで丸々と育った。

記憶のはじまり

まるで木の葉のように空中を舞っているものが見える。家の前の道は飛んで来た様々なもので埋まって、とても歩けそうにない。そんな様子が、音の無い映像でも見るように、かすかな記憶の底から甦ってくる。それは、家の中から表の通りがよく見えるガラス戸につかまって見た光景のように思われる。

昭和九年九月に大阪を襲った第一次室戸台風は、瞬間最大風速六十メートルを記録した時に、気象台の風速計が壊れてしまってそれ以上は測れなかったといわれる程、大型で強烈なものだった。世に大阪の大風水害といわれ、住民に大きな被害をもたらした。私の記憶の始まりはどうやらその時のものらしい。

次はもう少ししっかりした記憶だ。四、五歳のころだったろうか。私はハシカにかかって、二階の部屋でしっかりとふとんを掛けられて寝かされていた。風に当たると発疹が内攻して治らない、というので、ふとんから出たがる私に父が添い寝をしてくれた。そして夜の山道を歩いていた人が、タヌキに化かされているとも知らずにいくら歩いても歩いても家に帰り着かない。夜が明けて気が付いてみると、一晩中同じ所をぐるぐる回っていた話や、婚礼の帰りにほろ酔い加減の人が、持っていた折り詰めの御馳走を、うまくキツネにだまし取られた話などを聞かせてくれた。父が付きっきりで側にいてくれるのが嬉しくて、私はおとなしくふとんの中で父の話を聞いていた。

その時、丁度洗濯物を干しに母が二階へ上がってきた。そして、母が物干し台へ上がると同時に、ユサ、ユサ、ユサと家が揺れ出したのだ。「地震や！」母の声が引きつった。「すぐに収まる」と父は落ち着いて言った。しばらくして父の言葉通り、地震は止んだ。不測の事態が起こった時、父はいつも冷静で、何かある時、父が側にいると、とても安心だった。

私の人生の記憶はどうやら怖い経験から始まるらしい。

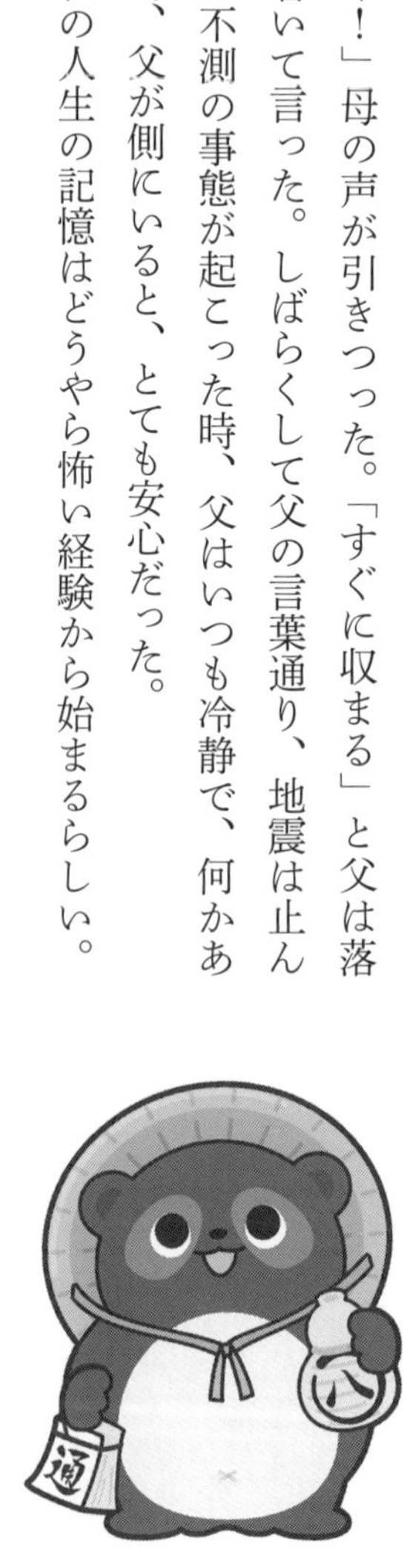

幼稚園のころ

五歳の春、家から五分余り歩いた所にある今山幼稚園に通うようになった。

毎朝、幼稚園の制服代わりのエプロンをつけ、制帽をかぶり、お揃いのカバンを肩から斜めにかけてワイワイ、ガヤガヤにぎやかに一年間、幼稚園に通った。

幼稚園は桃組、あやめ組、菊組、ゆり組とあって桃組は二年保育の年少組、あやめ組はその年長組、菊組とゆり組は一年保育の組だった。私は菊組だった。

先生は全員が女の先生で、どの先生もいつも着物の上に袴（はかま）を着け、髪は束ねて後ろで丸くまとめていた。

お昼のお弁当の時間になると、「さあさあお昼になりました／これから皆さんご一緒に楽しいご飯をいただいて／まためた遊びましょ／うれしいな　ああうれし」こんな歌をみんな思いっきり声を張り上げて歌い、そのあと「いただきます」と言って食事が始まる。「残さずに、みんな食べましょう」と言いながら、先生は机の間をゆっくりと巡回する。

いつだったか、ご飯は食べ終わったのにおかずのタラコが残ってしまったことがあった。「どうしよう、残したら先生に叱られる」私はしくしく泣き出した。「どうしたの」と尋ねる先生に「タラコだけでは辛くて食べられない」と私が言うと「いいよ。残してもいいよ」と先生は言って下さった。ホーッと安心して弁当箱を片付けたことを覚えている。

お弁当のおかずでは甘い金時豆が大好きだった。朝早くから鈴（りん）を鳴らして、天びん棒で前と後ろに大きな長い箱型の荷を担いだおじさんが、煮豆や佃煮などを売りに来る。表の戸があいて母が「煮豆屋さん」と呼ぶ声を二階の寝床の中で聞いた時は「今日のおかずは金時豆が入ってる」と思って、うれしくてひとりでにんまりしたものだ。

古い古いアルバムに、私の幼稚園の遠足の時の集合写真がある。遠足は必ず保護者同伴だった。写真の母親たちの服装は、みんな着物で洋服の人はひとりもいない。父親も着物に中折れ帽といういでたちだ。昭和の初めごろ、殊に女の人の服装は着物が普通だった。

そのころ父は、盆踊りを見に連れて行ってくれたり、人ごみの中を歩く時などよく肩車をしてくれた。肩車のことをチチクマといって、私は父のチチクマが大好きだった。父の広い肩にまたがって、私は自分の体の安定を保つ為に、両手を父のひたいに当てているつもりが、「目をふさいだら前が見えん。わしのオデコを持て」とよく言われた。両目をふさがれて戸惑っている父の姿を思い浮かべると思わず吹き出しそうになる。

こうして普段は優しい父も「学校へ上がるまでに、鉛筆と箸を持つのだけは右手で出来るように」と、家族の中でただ一人左利きの私に、厳しいしつけをした。

家族揃って丸い食卓を囲んでの食事時、父の目を盗んで持ち易い左手で箸を使っていると、じっと私の手許を見つめている父の怖い目に出会う。そっと右手に箸を持ち替えて、ぎこちない手つきで御飯を口に運んだ幼い日。あのころは、決して声を荒らげることのない父の、ぐっとにらむ目がとても怖かった。おかげで私は大抵のことは右左、どちらの手も使えるようになったが、刃物だけは今もって右手を使えないままでいる。

2　父のこと　母のこと　祖父母のこと

父のこと

私の父は穏やかな性格の中にも、芯の強いところを持っていた人だった。太平洋戦争が始まるころまで呉服屋をしていた父は、いつも和服姿で洋服を着たのを見たことがない。上背のあるがっしりした体つきに着物がよく似合い、角帯を締めて端然と正座する姿には一種の風格があった。頭は丸刈りで、ついに髪を伸ばしたことがなかった。呉服を商う商売柄、人にも愛想が良く、家長として家族の面倒見も良かった。私は父が大好きだったし、家族のみんなも父を尊敬し信頼を寄せていた。

父が得意先回りをする時は、着物の裾を端折(はしょ)って後ろで帯の間に挟み、冬は中折れ帽、夏はカンカン帽をかぶり、自転車の荷台に沢山の反物を入れたボテ箱を積んで商いに出た。自家用の車などない時代だった。

ある時、商いの途中で反物を積んだまま、自転車ごと盗まれたことがあった。注文の品を届けに得意先のお宅に入って自転車は道に置いたまま。「やられた！」と顔面蒼白になって戻ってきた父を見た時、大変なことになったと、子供心に胸が騒いだことを覚えている。私が小学生のころだった。

父はまた世話好きで、私たちきょうだいが通う小学校の後援会の役員を務めたり、町内の世話役も引き受けたりして、そのころの父は隣近所で人望も厚かった。

やがて昭和十六年十二月八日太平洋戦争が始まり、呉服の商いはできなくなった。父は徴用にとられ、反物を扱う手に造船所でハンマーを握った。戦況は日に日に悪化し、食べ物が無くなっていった。父は造船所で毎日おやつに二個ずつ出る黒パン（黒くて丸く平べったい団子のようなものだった）を自分は我慢していつも持ち帰っては私たち子供に食べさせてくれた。

昭和十九年、女学校を卒業した姉は女子挺身隊、私は学徒動員でそれぞれ工場に通い、弟は学童疎開で家を離れた。度々の空襲にも、幸い我が家は焼け残った。

昭和二十年八月、敗戦と共に父は失業した。敗戦後の混乱期、衣・食・住にこと欠いた我々日本人は、まず生きんが為に食べ物を求めて汲々（きゅうきゅう）とした。たんすの中の着物は米（こめ）やいもにかわっていった。父は縁故を頼って鉄工所で働いたり、肩引きの荷車を引いて荷物の運搬をしたりして賃金を稼いだ。五十歳もそう遠くない年になっての肉体労働は、長年反物を扱って生計を立ててきた父にとっては過酷なものに違いなかった。しかし食べていかねばならなかった。

慣れないヤミの物資を扱って近所の人に密告された父は、検挙され、警察に拘留されてしまった。何日かして戻ってきたのは夏の暑い日だった。母は早速お湯を沸かして父に行水をさせた。庭で向こうを向いて行水をする父の背中を見て家族全員は息を呑（の）んだ。無数のムチの跡が、無残なみみずばれになっていたのだった。

ムチに打たれている時の父を思うと、辛くて私はこみ上げてくる涙を必死にこらえた。弟は両手のこぶしを握りしめ、くちびるを震わせた。

姉はすでに近くの町工場の事務員として働き、卒業まで二年余りの私はそのまま女学校に通い、弟は旧制の中学を中退して父の知人の菓子製造業の家に預けられ、仕事を覚えることになった。

父はもともと酒の好きな人だった。

「酒さえ飲まなんだらなあ、あんなにええ人はいないのに」というのが親せきの人々の、父に対する一致した評価だった。敗戦後の父は酒ぐせが悪くなっていった。父は酒が入るとガラリと人が変わった。飲むにつれてだんだんと目が据わってくる。柔和な顔が次第に険しくなり、ろれつが回らなくなる。それから家族の引き止めるのも聞かず、フラフラと外へ出て行くことも屡々(しばしば)だった。出て行けばどこへ行ったかわからない。したたかに泥酔して帰宅した時はもう正体もない。玄関の上がりかまちに倒れたまま自分では一歩も動けない。つけ馬が従いて来たこともあった。母の不機嫌は頂点に達したが、それでも仕方なく、なけなしの財布の中味をはたいて渡した。玄関で正体もなく伸びている父を家族みんなで部屋に運び入れる。こうしたことは一度や二度のことではなかった。

あれはいつのころだったろうか。酔っぱらって足元のふらつく父に、私が肩を貸して連れて帰る途中のことだった。わけのわからないことを言いながらよろめく父を見て、向こうから来た十歳ばかりの女の子が、怯(おび)えたように私たちを避けて走り過ぎた時は、さすがに恥ずかしくも情けない思いをしたものだった。

姉も幾度となく父が飲んでいそうな所へ迎えに行ったり、酔いつぶれている父を介抱しながら、「ウチは絶対、酒飲みとは結婚せえへん」と宣言した。その言葉通り姉の夫は一滴の酒も飲めない人だ。弟もそうした父を見て酒を嫌った。

夕食時に父が晩酌の盃を傾ける日、決まって母は「いつまでも片付かへん。早う飲んでしまいなはれ。早う」とせき立て、父に背を向けて食事をした。しらけた父は「楽しかるべき夕飯が……」と呟きながら黙々と盃を口に運んだ。私は「将来夫になる人には、酒を飲む人なら気持ち良く飲ませてあげよう」と、ひとりひそかに思ったものだ。

普段は何一つ欠点のない父だっただけに、酒に逃げ場を求めていたのかもしれない。

とうとう元の呉服商に戻れなかった父は、弟が始めた菓子づくりの仕事を手伝ううち脳卒中で倒れた。一度は回復したが、二度目の発作で体に重い障害を残して寝たきりになった。そして昭和四十四年一月肺炎を併発し、七十歳でその生涯を閉じた。

母のこと

母は小柄で体は丈夫な方でなく、およそ商売人のおかみさんらしくない寡黙な人だった。滅多に自分の意見は言わず、父が人づき合いが良かった分、母は内にこもって、人とのつき合いも上手な方ではなかった。

商家の朝は早い。寒い冬の日でも、午前五時ごろには土間にある台所を行き来する母の下駄の音がした。そして御飯やみそ汁の匂いが、二階の私の寝床にまで漂ってきて、私が子供のころの我が家の一日が始まるのだ。

母は商売の方には全く口を出さなかったが、毎日の炊事、掃除、洗濯はもとより、家族の着物の洗い張りや仕立てから、子供の毛糸の服や腹巻きその他の編み物、そして家族のふとんの仕立てまで、すべての家事をこなしていた。今のように家電製品の無かった時代、母は一日中手を休めているひまはなかった。

裁ち板を広げて針仕事をしている母、二階の南側の部屋の日溜まりで、せっせと編み棒を動かしている母、部屋一杯に綿を広げ、縦に横に重ねてふとんを仕立てている時の母の姿が目に浮かぶ。

格別手を取って教えられたわけではないけれど、母と同じことを私もして、子供たちを育ててきた。私の子供たちの小さいころの服はたいてい自分でミシンを踏んだ。見よう見まねで覚えたやり方で、家族のふとんは全て自分で仕立て上げた。まだ今のように物があふれている時代ではなかったからかもしれない。

「ちょっとあんまさんを頼んできておくれ」子供のころ母に言われて、私は隣の家の角を曲がって七、八軒向こうのあんまさんの家までよくお使いに行った。父もまた、よく肩を凝らした母のあんまをした。私たち子供も「百たたいておくれ」とか「五十でいいから」と言う母の肩たたきをした。

無口な母だったが、折々に私は母の遠い昔話を聞いたことがある。「田舎の小学校に通っていたころは成績も良くて、何かの総代や代表にはいつも一番に選ばれていた」と話す時の母の目はイキイキと輝いていた。またそのころ、白米の弁当の子が羨ましく自分の黒い麦飯の弁当が恥ずかしくて、隠すようにして食べていたことなども話してくれた。

印刷の事業をしていた叔父（母の継母の弟）の仕事を手伝っていた若いころ、玄界灘の荒波を船酔いに苦しみながら乗り越えて、上海から揚子江を一週間もかかってジャンクでさかのぼり、仕事の為に叔父の家族と共に重慶まで行ったこと。また「向こうでは、まんじゅうは食事やった」と聞いて、甘いあんこのまんじゅうを想像した私は、「いいなぁ」と子供心に思ったものだが、今でいう肉まんのようなものではなかったか。私

の知らない大正のころの母の話だった。

明治生まれの母は昔、髪油をつけていたのは覚えているが、パーマをかけたことも白髪を染めたこともない。お化粧をしたのを見たこともなかった。そのせいかどうか、いつも年よりずっと老けて見えた。

口数が少ないせいもあってか、私の夫は母のことを「まるで仏さんのような人や」と言う。しかし亡くなった父は、自分の意見をはっきり言わない母を「頼りない」とこぼしていたこともあった。母は今、八十六歳の老いの身を私の弟と一緒に暮らしている。

祖父母のこと

私が物心ついたころ、父方の祖父母も母方の祖父母もすでにいなかった。ただ母の継母である祖母が、自分が生んだ息子たちと共に遠く広島に住み、私たちはこの祖母を「広島のおばあちゃん」と呼んでいた。

私の姉のお宮参りに、この祖母が生後ひと月の赤ん坊の姉を抱いて写している写真で、顔だけはよく知っていた。母の生家のお盆の墓参りや、春の祭りに顔を合わせることがあったが、親しく話をしたことはなかった。一度だけ家へ訪ねて来てくれたことがあったが、口数の少ない温厚な人だった。この祖母が亡くなったのは、私がはたちのころである。私はもともと、祖父や祖母には縁がうすかったのかもしれない。

3　小学校時代

初めての家庭訪問

小学校の一年生になったのは昭和十二年の春だった。入学式の日、ちょっぴり緊張しながら教室に入って、決められた席に座ってからぐるりを見まわした。知っている子は誰もいない。それに周りにいる子がみんなかしこそうに見えて、心細くなった。やがて受け持ちの先生のお話が始まった。先生の顔を見つめているうち、「どこか、うちのお父ちゃんに似てはる」と思い始めた。するとなぜか、次第に気持ちが落ち着いていった。

それは初めての家庭訪問の日だった。「先生は家（うち）へ来て何を言わはるのやろ」と思うと心配になって、学校から帰ると、逃げるように外へ出て近所の子らと遊んでいた。けれどやっぱり気になってそっと家の様子を見に戻った。家の中はしんとして来客の気配はない。

台所で洗いものをしていた母に「先生は？」と聞くと「ついさっき帰りはったとこや。あんたのことを『いいお子さんです』と言うてくれはったで」と答えた母はいつになく機嫌が良かった。「何か叱られるのでは……」とそればかりが気になっていたものだから、何だか拍子抜けがした。

その年の七月には、日中戦争の発端となった盧溝橋（ろこうきょう）事件が起こっていた。戦争の足音は私たちの生活にも確実に近づいていたのだった。

新設校へ

二年生からは新設校に移った。それまでは十分余りかかっていた通学の時間が、五分もかからなくなった。

授業時間が増えて午後からも授業のある日は、昼食を食べに家に帰った。いつか、食事が済んで再び学校へ行く途中で名前を呼ばれて振り向くと、同じ組の多恵さんだ。二人で原っぱを通りかかった時、「ひっつき団子があるわ」と言って多恵さんが立ち止まった。ひっつき団子はトゲトゲのついた楕円（だ）形の草の実で、そのころ友だちの間で毛糸の服などにくっつけて遊ぶのが流行（はや）っていた。

「取ろ」「うん、取ろ」私と多恵さんはひっつき団子を一つ一つちぎってはポケットに詰めこんでいた。ふと気がつくと「カン、カン、カン」と学校で午後の始業の鐘が鳴っている。「えらいこっちゃ！」二人は大慌てで駆け出した。そっと教室に入るとまだ先生は来ておられない。「ああよかった」私と多恵さんは顔を見合わせて胸をなでおろした。

各学期のはじめの朝礼の時に、全校の組の級長と副級長の任命があった。二年生の二学期、不意に名前を呼ばれて私はびっくりした。自分の組の最前列まで出て行く間、何だか面映ゆくて、胸がドキドキと高鳴った。思いもかけず級長に選ばれてからは随分と自分に自信が持てるようになった。

この頃は、まだ、大阪の街中(まち)を馬力の荷車や、時には牛車などがのんびりと行き来していた。

私たちの学校には講堂がなかったので式典などの行事は、いつも運動場で行われた。いつだったか長時間立ったままの式の途中で、冷や汗が出てきて目の前が真っ暗になった。立っていられなくてしゃがみこむと、気がついた先生がかけ寄ってきて医務室へ連れて行って下さった。ボタンを外し、胸元を緩めてもらってしばらくベッドで休んでいると、間もなく元気を回復した。

それからは、式の日に校長先生の長いお話が始まることになると、「またしんどくなるのでは……」と不安になった。すると暗示にでもかかったように、決まって以前と同じ症状に襲われるのだった。

くせ毛

あれはたしか、私が小学校低学年の頃のこと。担任の先生がお休みで、背の高い若い男の先生が代わりに授業に来たことがあった。教室の中を巡回して私の所まで来た先生は、くせ毛で、からまり合った私の髪を、自分の指でくしけずるようにしながら、

「おまえ、髪を梳いてきたんか」と言った。

「梳いてきました」という私の顔を、疑わし気にまじまじと見つめた先生は、

「ほんとか?」

と言ったきり、教卓の方へ行ってしまった。普段から、くせ毛はいややな、と思っているところへ、まるでうそをついているように思われた悔しさで、私は家に帰ると居合わせた家族に、学校であったことをぶちまけた。

「くせ毛やから仕様がないやん」

そう言って、みんなが慰めてくれた。

それから何日か経って、そんなことはもうすっかり忘れてしまっていたある日のこと、

「今夜は早川先生が宿直や。朝子、夕飯がすんだら、おとうちゃんと一緒に遊びにいこ」

と、父が私に言った。早川先生とは、例の「髪を梳いてきたんか」

と言った先生である。

父がなぜ私を連れていくのか、よく分からなかったけれど、言われるままに、父について学校の門をくぐった。学校の後援会の役員をしていた父は、度々学校へ出入りをしていたので、こんな時間に出かけていくことに、私は格別不審の念も抱かなかった。

夜の学校は、昼間の喧騒とは打って変わって、暗くひっそりと静まり返っていた。そんな中で、玄関脇の用務員室だけに明かりがついていた。用務員のおじさんは不在で、早川先生だけが、所在なさげに土間のストーブにあたっていた。

「今晩は」

と入ってきた夜の訪問者に、先生はちょっと驚いた様子を見せたが、顔見知りの父と分かると、

「どうぞ、どうぞ」

と、私たち親子を奥の宿直室に招じ入れた。そして、とりとめのない雑談に時を過ごしている大人たちの側で、私は、おもしろくもない話を、ひざもくずさずに黙って聞いていた。そのうち父が、私の髪を撫でながら

「こいつは、生まれつきのくせ毛でしてなぁ……」

と早川先生に言った。その時の言葉を、私はいまでもはっきりと覚えている。それに対して、先生はどう言われたかは、覚えていない。そして、その時はじめて、父が私を連れて早川先生を訪問した意図を知ったのだった。私の小さな胸のうちの悔しさを覚えていてくれた父の心くばりが嬉しくて、あの夜のことは、今も大切な思い出として私の心に刻まれている。

左ぎっちょ

「あれっ！　朝子ちゃんは左ぎっちょかいな」

そう言ってお隣のおじさんが、わざとすっとぼけて私をからかう度に、私はそっと左の手を後ろへ隠(かく)したものだ。（今では差別用語になっているようだが）左ぎっちょとは、左利きのことだ。

　私より五歳下のお隣の秋子ちゃんは一人っ子で、私が遊びに行くと、家業の手仕事をしているおじさんも、おばさんも大歓迎してくれた。私たちが切り紙などして遊んでいると、おじさんは私の左利きをよく知っていながら、私が左手ではさみを使っているのを見つけると毎回、さも初めて知ったかのように、冒頭に書いたように大仰に驚いてみせるのだ。小学生の私が左の手をそっと後ろへ隠す仕草が、大人の目にはおかしかったのかもしれない。自分でも「ぎっちょ」と言われるのは恥ずかしかった。

　父は私に、箸と鉛筆だけは右手で持てるようにと、幼い頃からきびしい仕付けをした。大きくなってから人前で恥ずかしい思いをしないようにという親心であった。おかげで箸とペンだけは、かえって右の方が得手となった。そのほか、大概は左右どちらも使えるようになったのに、いまだにどうしても右手で使えないものに刃物がある。下手をすると怪我をする、という脅迫観念からだ。

　その後、成人して結婚した私のもとに、

「こんなものがあった」

　と言って、夫が堺の刃物屋で、左利き用の包丁を買ってきてくれた。それまでは右利き用か、両面に刃の付いたステンレスの包丁しかなかったので、その両方を長年の間使い続

けていた私は、

「左ぎっちょも、市民権を得る時代になったんやなァ」と、感慨もひとしおで、

「この包丁やと、今までのより、ずっと使いやすいに違いない」と期待をかけた。

ところが、使ってみると何か使い勝手がおかしいのだ。例えば、りんごを真ん中から半分に切る時、二等分するはずの包丁の刃が、途中から横にそれて、二つに切ったりんごに大小ができてしまうのだ。野菜を切る時も同じだった。何べんやってもうまくいかないので、とうとうあきらめて、折角の左利き用の包丁はお蔵入りとなってしまった。

慣れとはえらいもので、長い間に、右利き用の包丁をも、左手でうまく使いこなすようになっていたのだ。

環境に順応していく生き物の機能を、わが身に見た思いがした。

郊外学園の思い出

「虚弱児」ということで（本当はそんなことないと、自分では思っていたけれど）、五年生の夏休みに学校からの推薦で、大阪市が運営する淡路島の郊外学園でひと夏を過ごすことになった。私の学校からは私と加藤君の二人だけだ。

着替えなどの荷作りをしながら母は、「体を丈夫にしに行くんやから、嫌いなおかずも残したらあかんで。小魚（こざかな）の骨もいちいち出さんと、よくかんで食べてしまいなはれや」と私に言って聞かせた。

夏休みに入ると間もなく、大阪市内から集まった七十人余りの子供たちが、先生や保護者に付き添われて天保山桟橋に集合した。天保山から汽船（たしか女神丸といった）に乗って淡路島の仮屋沖まで行き、港のない仮屋の浜には小舟が迎えに来た。

学園のすぐ側はもう砂浜で、海の水がきれいなのにまずびっくりした。浅い海の底にある石やヒトデなどが手に取るように見えた。加藤君のお母さんに頼まれて加藤君も私と一緒に学園まで送り届けると、父はすぐ帰って行った。

起床、食事、その他の合図はドーン、ドーンという大きな太鼓の音だった。夏休み中だったけれど、学園の先生方や、お世話して下さるおじさんやおばさんたちとの規則正しい生活が始まった。

初めての食事の時、二尾ずつ小さめのアジの焼いたのが出た。女の先生が全員に食事が行き渡っているかを確かめながら、「アジの骨に気をつけて……」と注意をされた。私は母の言葉と重ね合わせて、「アジの骨は気をつけて、よくかんで食べなさい」と言われたと思った。そしてアジを丸ごと一生懸命にかんで食べた。わき見もせずひたすらかんだ。やっと食べ終わって横の子や前の子のお皿を見ると、魚の頭や骨が残っている。私のお皿には何もない。「あれ！」と思った。次からはアジが出ても頭や骨までは食べなかった。

小イワシを煮たおかずの時は、いつも器に山盛りだった。これはいちいち骨を取るわけにはいかなかった。初めのうちは全部食べたけれど、度重なるうち山盛りのイワシを見るのも嫌になって、友だちと一緒に先生の目を盗んでは、こっそりとゴミ入れに捨てた。

しばらくすると、「家（うち）へ帰りたい」と泣き出す子が続出した。

そのころ私は結膜炎になって一人で別室に寝かされていた。いつも海水浴の時間になると、みんなガヤガヤと賑（にぎ）やかに海へ下りて行く。しばらくして静かになった学園の中で、私は右の目を赤く腫（は）らして部屋からも出られず、たった一人でつまらない思いをしていた。

そんなある日、「具合はどうや」と言いながら学園の先生に案内されて、父が姿を見せた。全く思いがけなかっただけに、父の顔を見て泣きたいくらいに嬉しかった。ホームシックにかかっている子には悪いけれど、本当に嬉しかった。父は学園からの連絡で様子を見に来てくれたのだった。それからしばらくして結膜炎は治った。

その後いつだったか、「網引きがある」というので「見に行こう」と何人かの友だちと急いで浜に下りた。そして地元の人たちに混じって、エンヤコラと地引き網の網を引かせてもらった。浜に引き寄せられた地引き網の中には、沢山の魚がピチピチと跳ねまわっている。「わぁー」初めての体験で私はすっかり感激した。すぐ側にいた漁師のおじさんが、網からこぼれて跳ねている小イワシをひょいと拾って、頭を取り海の水で洗ってポイと口の中へ放りこんだのには驚いた。

何日かかって、学校の友だちへのお土産に海辺でヒトデや、きれいな石や貝がらを拾い集めた。

八月の末、あすは大阪へ帰るという日になって台風が来た。海がものすごくシケて、おそろしく高い屏風(びょうぶ)のような波が、海から浜に向かって襲いかかってくるのが、部屋の窓から見ていて本当に怖かった。おかげで帰阪の日は延期された。明くる日浜へ出ると、昨日まであんなにきれいだった砂浜が一変して、沢山の流木やゴミで埋まっているのを見てびっくりした。

様々な体験をした淡路島でのひと夏は、小学校時代の忘れられない思い出になった。

耐寒訓練

その年の十二月八日、日中戦争に引き続いて太平洋戦争が始まった。「鬼畜米英」「撃ちてし止まむ」「欲しがりません勝つまでは」などの標語と共に、国内は戦時色一色に塗りつぶされていった。学校では若い男の先生が次々と出征していった。

冬の寒い日に「耐寒訓練」があった。男女とも上半身は裸、下は男子は半パンツ、女子はブルマーだけで運動場をトラックに沿って行進をした。全校児童（一、二年の低学年はどうだったか覚えていないが）の半数が外回り、半数が内回り、それぞれ三列か四列くらいの縦隊で、すれ違いながらの行進だった。みんな胸を張り、大きく手を振って寒さに耐えながら歩いた。小学校でも高学年になると女子の中では胸のふくらんだ子もいる。大勢の目にさらされて、自分の胸をかばうようにして歩く子に「胸を張れ！」と先生の号令がかかった。ペチャンコの胸だった私はすれ違う時、仕方なく胸を張って歩く子を見て「かわいそう」といたたまれない気持ちだった。

当時は「男女七歳にして席を同じうせず」といって男子と女子は組編成も別々なのに、「耐寒訓練」はみんな一緒だった。戦争中だったから、とやかく言っていられなかったのだろうか。今なら人権問題だ。

体の弱い子といわれながら、両親や先生たちのおかげで「六ケ年間皆勤」の賞状をいただいて、私は小学校を卒業した。

4　ふるさと

よく晴れた日には、東の空に生駒の連山がくっきりと見える。その向こうに父のふるさとがある。子供の頃、私は毎年の夏休みを父の生家ですごした。

学校が休みに入ると間もなく、私は父に連れられて田舎の小駅に降り立った。駅を出て、軒の低いわらぶき屋根の集落をぬけると広い国道に出る。

そこからは一直線の長い長い道を歩く。舗装された広い道路の両側にはどこまでも青々とした田んぼが広がっていた。たまにのんびりと牛車を引く百姓のおじさんに出会うくらいで、全く人の気配がない。真夏の太陽が、父のカンカン帽と私のかぶったむぎわら帽子に、容赦なく照りつける。歩きくたびれて、途中で何度か「おんぶしてよー」と叫ぶが、父は聞こえぬふりで先を行く。国道が小さな流れと出合う所では、それをまたぐように道が小高く盛り上がってはまた下る。そうした「山」をいくつか越えると遮るもののない青い野面（のづら）の彼方にようやく白壁の土蔵が小さく見えてくる。父の生家だ。

「まぁまぁよう来たな。暑かったやろ」

伯母やいとこたちに迎えられて、懐かしい田舎の家の匂いを胸一杯に吸い込む。黒光りする太い大黒柱。焚き口がいくつもあるかまど。去年と変わりない。荷物を解いて着がえをする。そして夏休みの間、私は田舎の子になるのであった。父は私を伯父、伯母に預けると翌日は大阪へ帰って行った。

田舎の暮らしは私にとって何もかもが新鮮だった。

ある日、不意に鶏（にわとり）がけたたましく鳴いた。なんだろうと思って鶏（とり）小屋をのぞくと、わらの上に生み落とされたばかりの卵が、鮮やかな白さでころがっていた。掌にのせてみるとまだ温かい（鶏が同じ鳴き方をする時は、必ず鶏（とり）小屋に卵があった）。

村の外れにあまり広くない川があって、よく水遊びに行った。水につかった足が何だか痛かゆい、と思って足をあげて見ると、ひるが吸い付いていて、そこから血が流れていたりした。

夕方近くになると納屋から、自分の姿が隠れる程大きく束ねたわらを、両腕一杯に抱えて風呂の焚き口まで運ぶ。大きい従姉が井戸から何度も運んで風呂おけに満たした水を、わらを燃やして焚くのだ。丸めて焚き口に放り込んだわらは、すぐめらめらと燃えつきる。だから付きっきりで、燃やし続けなければならない。わらの燃える匂いに包まれ、真っ赤な炎を見つめながら、ずい分長い間焚いていたと思う。やっと焚けた頃は、もう汗ぐっしょりになっていた。

夏休みも終わりに近づくと、そろそろ家が恋しくなる。門口へ出ては、西の空に連なる生駒の山を見つめ、ひたすら父の迎えを待つ。

父が亡くなって何年かたって、父のふるさとを訪れた。かつて、歩きくたびれた長い長い道は、昔ののんびりした面影を全く失って、激しく車の行き交う幹線道路になっていた。田舎暮らしもすっかり変わり、もはや、わらで風呂を焚く家はなかった。

今でも何かのおりに、わらを焼く匂いに出会うと、何故か無性に懐かしい。それは、遠い日の記憶につながる「私のふるさと」の匂いなのかもしれない。

5　孫の祭り

子供の頃、春になると田舎にある母の実家へ祭りに招ばれて行った。祭りには大勢の親類の人達が集まってそれは賑やかだった。

「おう、朝子ちゃん大きいなったな。何年生になる」と、大人達は一様に同じ事を尋ねた。それは久し振りに会う挨拶のようなものであった。「四月から○年生」と私は聞かれる度に、にこにこと答えた。賑やかなざわめきが楽しく、普段滅多に会うことのない、いとこ達と遊べるのが嬉しかった。そして肝心の祭りのことはさっぱり覚えていない。

後年、田舎の伯母の訃報をうけてかけつけた。悲しみに沈んだ人々の間を、亡くなった伯母の幼い孫がわけもわからずはしゃぎ回っていた。いつにない沢山の人の集まりが嬉しかったのだろうか。「葬式は孫の祭りや」母の末弟に当たる叔父が誰にともなく呟いた。

その叔父ももういない。そして「孫の祭り」という言葉だけが、いつまでも私の耳に残っている。

6　祭りの日の思い出

お祭り、といえば、子供の頃の氏神様の夏祭りを懐かしく思い出す。お祭りが近づくと毎年母は、たんすから私の絽の着物を出してきて、寸法直しをする。

日中の暑さが漸く衰えかけた夕方、行水から上がって、ひたいの生え際や首の回りなどに、たっぷりと天花粉をはたいて、体のさっぱりした私に、

「袖に手を通して……」

と母は、出しておいた着物を着せかけ、言われるままにかかしの様に両手を横に上げて、じっと立っている私の、背丈、ゆき丈の伸びた分の寸法を計った。

祭りの前日になると、母は押し入れから、紙に包んでしまってあった絵日傘を取り出してくれる。黒く塗った竹の骨に、水色の薄く透けて見える布が張ってあって、何だったか忘れたが、涼しげな絵が描いてあったのを覚えている。お祭りの着物と絵日傘が揃うと、もう胸がわくわく、私の心ははやお祭りで一杯であった。

あれは、いつの年だったか。お祭りのべべに赤い兵児帯を後ろで、ふっさり結んでもらって、赤い塗りの下駄を素足に履き、絵日傘を広げて肩に持たせかけ、私は、お向かい

の一つ年上の咲子ちゃんと、お祭りに出かけた。

お宮さんのおはやしの太鼓が聞こえる所まで来ると、道の両側にずらりと並んだ出店が見えはじめ、狭い道は沢山の人出で賑わっている。出店の少し手前に氷屋の店があって、アイスクリームを売っていた。普段の小遣いでは買えなかったが、お祭りで、私はいつもより沢山お小遣いをもらっていた。

「うち、アイスクリームを買うけど、咲子ちゃんは？」「うち、買わへん」

私が買う間、咲子ちゃんは店の外で待っていてくれた。氷屋のおじさんは、円すい形のコーンに丸くすくい取ったアイスクリームを載せてくれた。アイスクリームをなめながら、咲子ちゃんと一緒に、あっちこっちの出店をのぞいて回った。

その日の夜、私は熱を出したのか、下痢をしたのか、よく覚えていないが、寝かされていた布団の枕元に、心配気な母と父の顔があった。そして父の友人のお医者様、松下先生の顔も見えた。松下先生は、私に優しく聞かれた。

「お祭りで、何か食べたの」

「アイスクリーム」と、私は答えた。母が私に聞き返した。

「咲子ちゃんも、食べたの？」

「ううん、うちだけ」

松下先生は納得したように「注射を打っておきましょう」と言われた。私は身を固くした。注射は大嫌い。痛いから。父が私の腕を押さえた。私はじっと我慢をした。

赤痢や疫痢のうわさが、あちこちで聞かれたころの事、父や母の心配は一通りではなかったのだろう。以後、勝手にアイスクリームを食べる事は、固く禁じられてしまった。

アイスクリーム事件があってから、何年か経っての夏祭りの日。祭りの事とて、昼間からお酒が入って上機嫌の父が、私と弟を「祭りに行こう」と誘った。「わーい」私たちは小おどりをして喜んだ。父が一緒だと、何でも買ってもらえる。私と弟は、いそいそと父に従った。

祭ばやしがいやが上にも心を浮き立たせ、道の両側の出店には、珍しいものが一杯並んでいる。店の前に立ち止まりかけると父は、「お宮さんに、お参りしてから」と、どんどん先へ行く。おさい銭を上げ、神妙に手を合わせ、お参りをすませて神社の境内を出てからも、父の歩調は変わらない。

「おとうちゃん、あれ買うて」「おとうちゃん、これ……」と言っても、「もう少し向こうに、もっと良いものがある」と言って一向に立ち止まってくれる気配がない。

そんなに行くと、もう出店は無くなってしまうのに……。案の定、出店を外れると、急に人波が途絶え、祭りのざわめきが遠のいた。まだ何も買ってもらっていない。「何処まで行くのかな」私と弟は顔を見合わせた。

少し行くと街角に、少ししゃれた喫茶店があった。父は扉を押して中へ入った。仕方なく私たちもついて入る。店内は、すいていた。父は何か注文をした。しばらくして、ウェイトレスが何だか値段の高そうなものを、テーブルに運んで来た。父は「出店のものよりずっと上等だ」と、上機嫌で私たちにすすめた。私は何か無性に腹立たしく、口に入れても、少しもおいしいとは思わなかった。

喫茶店を出てから、私の同級生のお家(うち)の写真館に入った。父が、ひじかけ椅子(いす)に座り、私と弟が、その傍に立って写した。

ほろ酔い加減で上機嫌な父と、少しむくれた私と、くそ真面目な顔をした弟の写っている写真が、今でも実家のアルバムに残っているはずである。

7　遠い日の記憶

夕暮れ時

夕方になると、薄暗くなりかけた街に家々の電灯が一斉に灯（とも）った。それはまるで、昼から夜に移り変わる合図のようでもあった。「電気がついたから帰ろ」と、外で遊んでいた子供たちはそれをしおに、暖かい光に吸い寄せられるようにそれぞれ家に帰っていった。昭和の初め、私がまだ幼かったころの夕暮れ時の風景である。

そのころ、電灯は電気会社が点灯、消灯を管理し、各家庭の自由にはならなかった。昼間真っ黒な雲が垂れこめて、家の中が夜のように暗くなっても電灯はつかなかった。そうした、時ならぬ昼間の暗さは、子供心を不安にさせた。

あれはいつのころだったろうか。友達と遊び惚（ほう）け、もう少し、もう少しと思っているうちに時間が過ぎて、辺りが暗くなってしまい、慌ててとんで帰ったことがあった。表の戸を開けようとしたが鍵（かぎ）がかかって動かない。「おかあちゃん、あけて！」と大声を出しバンバンと戸を叩（たた）いたけれど、中からは返事がない。何度も叩（たた）いても返事がない。「締め出された――」と気がついた途端、急に心細くなって「あけて！」と半泣きになりながら、やたら戸を叩き続けた。

暫く経ってから出てきた父に、「電気がついても帰って来ん奴には晩飯は食わさん」と怖い目で睨まれて「かんにん……」と神妙に謝り、やっと家の中へ入れてもらった。丸い卓袱台を囲んで父や母、姉や弟の夕飯はもう終わりかけている。「どこへ行ってたんや。早よ帰って来なあかんで」と口々に言われ、私は小さくなって、ひとり後れてご飯を食べたのだった。

暑い夏になるとクーラーはおろか、扇風機さえ各家庭に普及していなかったそのころ、一家揃って、二畳あまりの狭い茶の間での夕飯時は、家の中の建具をみんな取り払ってあってもなお暑苦しかった。「ごちそうさま」と箸を置くやいなや、私はいつも真っ先に二階へかけ上がった。そして裏の物干し台へ出ると、隅に丸めて置いてあるござを広げて夕涼みの場所を作った。物干し台には涼しい風が流れ、家の中の暑苦しさから解放されて、ホッと一息つくことができた。表の通りからは、人の話し声や自転車のベルの音など、夏の宵のざわめきが伝わってくる。階下では母が夕飯の後片付けをする水の音や、茶碗のふれ合う音がする。

暫(しばら)くすると、父が褌(ふんどし)一つ着けただけの裸でうちわ片手に上がってきた。弟もあとからついてくる。暮れなずむ空に一つ、二つとこうもりが飛ぶ。まるで小さな黒い布切れがひらひらと舞っているようだ。

「こーもり、来ーい、こうもり来い／お湯屋の煙突回って来い／三日月おっつき（月）さんくわえて来い」

誰に教わったのだろう、小さいころの夕涼みに、私はいつもこの歌を大きな声で歌った。物干し台の柵によじ登ると家々の甍(いらか)越しに、近くの風呂(ふろ)屋の高い煙突が見えた。『ほんとうにこうもりはあの煙突を回って来るのかな』、ひとりでそんなことを思った。

わずかに残っていた西の空の茜色が消えるころ、北の方角に一番星が瞬き始める。やがて見上げる空の少し左寄りに、ひしゃくの形をした北斗七星がくっきりと姿を見せる。そしていつの間にか夏の夜空は、沢山の星で埋め尽くされていく。「もう中へ入ろう」と促す父に、まだ家の中に入りたくない私は、「もうちょっと」と頑張

る。そして弟を相手に挟み将棋をしたり、ひょこ回しをしたりして夏の夜を楽しんだ。

地蔵盆

私が育った所はびっしりと家が建てこんだ、商店と住宅が入りまじった街だった。私の家の斜め向かいが餅屋さんで、お供え餅の外に、田舎まんじゅうや六方焼きなどいろいろな和菓子が、ガラスのケースにきれいに並べてあった。その店の横手が露路になっていて、その露路を少し入った所に小さな地蔵さんの祠があった。日頃は忘れられたようなその地蔵さんが、年に一回、町内の主役になるのが八月の地蔵盆の日である。

　地蔵盆の前日になると、町内の世話役のおじさんたち（私の父もその中の一人だった）が集まって準備を始める。まず地蔵さんに一番近い、永井さんというお家に保管されている道具類が運び出される。子供たちも集まってきて、わくわくしながらその様子を見守る。地蔵さんの前の露路に新しいむしろが敷き詰められ、いつもは閉まっている祠の扉が開かれる。新しいよだれかけをかけられた地蔵さんに花が供えられて、ローソクが灯される。別のおじさんたちは、町内の家々の地蔵盆の行灯を配って回る。行灯は、配達の牛乳箱よりも一回り大きい形の木枠に、川柳と絵が描かれた、きれいな色刷りの紙が張ってあって、各家の戸口に掛けてろうそくの火を灯（とも）すのである。

やがて供物を飾る棚も組み立てられ、それに白い布がかけられるころ、町内の家々からお供え物が届く。大きな西瓜や、ぶどう、お盆に山盛りのお菓子や粟おこし、そうめんの木箱など様々な供物が所狭しと並べられる。その一つ一つに私の父が、白く細長い紙切れに供えた家の名前を筆で書いて貼り付けていく。字が上手ということで、毎年この役を町内会から頼まれる。このことは私のひそかな誇りでもあった。「わあ、○○ちゃんとこ西瓜やわ」「うっとこ（うちの家）ぶどうやし」子供たちは口々に紙切れを見てはしゃぐ。

そして敷き詰められたむしろの中空には、沢山の提灯（ちょうちん）がぶら下げられる。はすの花が描かれ、「地蔵尊」と筆太に書かれた提灯には、一つ一つに子供の名前が記されている。子供たちは沢山の中から自分の名前を見つけては、「ウチのはあれや！」「ボクのんもある！」と目を輝かせる。私のは一つの提灯に、私と姉の二人の名前が書いてあった。「おとうちゃん、一つケチったな」と思ったけれど、自分の名前を見つけることができて嬉しかった。

夕暮れになると全ての提灯にローソクの火が灯（とも）される。それが暗くなりかけた辺りを明るく浮き立たせる。祠にも供物の棚の上にも明かりがついて、露路はいつになく華やいだ雰囲気に包まれる。家々の戸口に掛かった行灯にもそれぞれ火が入って、それはそれはきれいな眺めだった。子供たちは夕飯がすむと三々五々連れ立って、家々の行灯を見て回る。行灯の図柄や川柳は一つとして同じものがなくて、子供では意味の分からないものもあったけれど、それでも結構面白かった。

その夜おじさんたちは交替で、夜通し地蔵さんのお守りをする。宵のうち女の子たちは、露路の側の駄菓子屋の店先に出された床机に腰かけてあやとりをしたり歌を歌ったり、男の子らは、ベッタンやラムネ玉に夢中になったりして、前日の夜を楽しんだ。

明くる地蔵盆の当日は、近くのお寺の坊さんが、各町内の地蔵さんを順番に拝んで回る。頃合い(ころあい)になると、町内から子供たちが大勢集まってきて、祠(ほこら)の前に敷き詰めたむしろに大きく円座になって坊さんを待つ。大人たちもぼつぼつと姿を見せる。「今、五丁目でやってる。この次や」隣の町会へ偵察に行った子が戻ってきて報告をする。

やがて黒い夏衣をまとった坊さんがやってくると、野球のボールより少し小さいくらいの珠が沢山つながった巨大な数珠が、子供たちの前にぐるりと置かれる。坊さんは地蔵さんにお経を上げ終わると、神妙にひざを揃えて待っている子供たちの輪の真ん中に立って、一声大きく「ナンマイダァ」と唱えた。子供たちはそれにつられて「ナンマイダァ！

スッポイダ！　坊主の頭ぁはりとばせ！」と声を張り上げながら、大きな数珠を順ぐりに回し始める。「坊主の頭はりとばせ」とは何とも物騒な文句ではあるが、子供のころは何の疑いもなく、年々語り継がれる通りに唱えた。

坊さんは手に持った鉦（かね）をカン、カン、カンと打ち鳴らしながら自分も一緒になって、「ナンマイダァ！　スッポイダ！　オラ坊主の頭ぁはりとばせ！」と唱和する。大人たちは子供らの後ろに立ってニコニコしながら見物している。「声が小さい！　もっと大きな声で！」と坊さんはハッパをかけ、子供らはあらん限りの声で「ナンマイダァ……」と、大きな数珠を回しながらくり返す。暫くすると、カンカンカンと鉦が連打されて、漸（ようや）く子供たちの念仏は終わる。そのあと一列に並んで坊さんの前に立つと、坊さんは何かブツブツと念仏を唱えながら一人一人、大きな数珠の端に付いている大きな房で、ぐるぐると頭を撫でてくれる。これで子供たちはこの一年、無病息災で暮らせるのだ。このあと世話役のおじさんからおさがりのお菓子をもらって、子供たちの地蔵盆は終わる。

坊さんが帰って行って、世話役のおじさんたちの片付けが始まると、辺りで遊んでいた子供たちも手伝いをする。おじさんがお供えを何種類かお盆に取り合わせて、「これは○○さんのとこへ」と言うと、お盆を受け取った子は言われた家までおさがりを届ける。届いたお家（うち）では、「ごくろうさん」と一銭か二銭をちり紙にくるんで、お使いの子にお駄賃を持たせる。空（から）のお盆を持って戻ると、おじさんも「よっしゃ」と言って、お菓子かぶどうの一房を掌（てのひら）にのせてくれた。子供の数が少ない時はお駄賃やおやつを目あてに、二度も三度もおさがりを配る手伝いをした。子供にとって地蔵盆は本当に「よい日」なのであった。

　おじさんたちがせっせと働いて片付けがすっかり終わると、露路はまた元の静けさに戻った。子供らの楽しい余韻を引きずって、やがて長い夏の日も暮れてゆくのである。

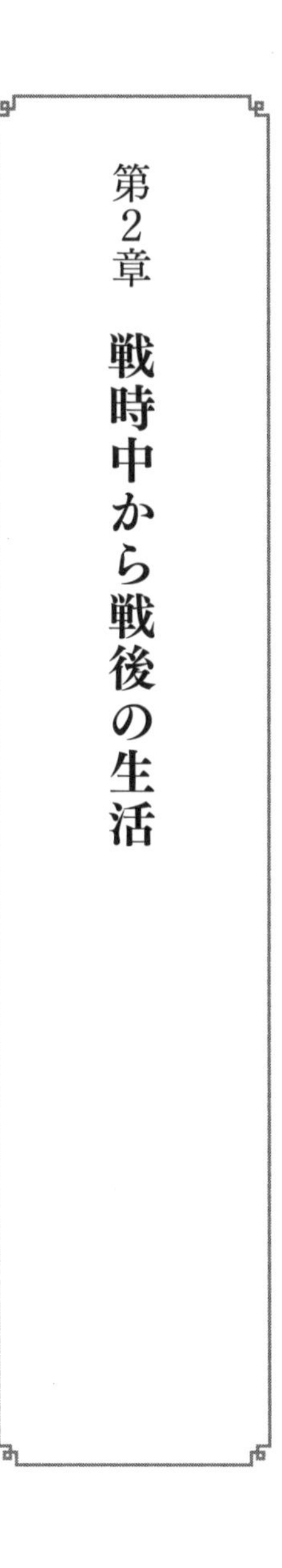

第２章　戦時中から戦後の生活

１　女学校時代

女学校に入学

昭和十八年は大東亜戦争（太平洋戦争）のさ中だった。その年のはじめ、小学校最後の学期を迎え、進学する者は放課後残って補習を受けた。大阪府下の女学校の、過去何年間かの口頭試問の問題集の中から、担任の多田先生が出題し、受験生が答えるというものだ。戦時中であったからか、入試は口頭試問だけだった。それだけに私たちはくり返し、くり返し模範的な答え方の練習をした。

入試当日、試験場に当てられた教室の扉を開け、補習の時に教えられた通り丁寧に一礼して扉を閉め、示された椅子に腰をかけた。目の前に四、五人の試験官の先生が並んで、私の一挙手一投足に視線を集めている。「落ち着いて、落ち着いて。あれだけ練習したんやから何を聞かれても答えられる」と私は自分に言いきかせた。一人の先生が「講堂で校長先生のお話がありましたね。その内容を要領良くまとめて話して下さい」と言われた。「えっ」一瞬頭の中が真っ白になった。

広い講堂は大勢の受験生で一杯だった。私の座席は後ろの方で、周りが何となくざわついていて、私は校長先生のお話をしっかり聞いていなかったのだ。「どうしよう……」でも私は一生懸命そのお話を思い出そうとした。とても要領良くなどといえたものじゃなく、断片的に思い出しては答えた。その他にも幾つか質問があったが、よく覚えていない。

その日入試が終わってから小学校へ行った私は、余程落ち込んでいたのか「大丈夫よ」と多田先生に慰められた。

合格発表の日は母が見に行き、私が一人で留守番をしていた。「ごめん下さい!」という声に玄関に出てみると、息をはずませた多田先生が私を見るなり「合格したよ!」と言われた。学校に連絡が入り、一刻も早く知らせようと走って来て下さったのだった。「よかった……」私は頭上を閉ざしていた厚い雲が忽ち晴れ渡っていく思いがした。

　こうして私は、無事女学校に入学することができた。制服、かばん、教科書などを買い揃え、いよいよ女学生になる日を待つまでの間、私は机の前に座り、国語の教科書を開いては声を出して読んだ。第一章は「日出づる国」だった。内容はよく覚えていないのに何度も何度も読んで題だけが頭に残っている。

　女学校には小学校にはなかった講堂があって、雨天体操場まであった。運動場は狭かったけれど、校舎は鉄筋コンクリート造りで地下室もあった（私の通っていた小学校は新設校だったが、戦時中であった為か全校舎が木造だった）。校舎の壁の一部にはツタがからまって、四季ごとにその装いを変えた。雨天体操場の上にある講堂へ行く通路が、スロープになっていたのも私には珍しかった。運動場の片隅に吊り下げられた鐘を、用務員のおじさんが打ち鳴らして、授業の始まりと終わりを知らせた。しかし、まともに勉強ができたのは一年生の間だけだった。

従兄の出征

昭和十六年十二月八日、大東亜戦争（太平洋戦争）が始まった。

伯父のたった一人の跡取り息子に、召集令状が来て出征して行ったのは、私が女学校二年の冬のことだった。それは大和(やまと)平野一面、真っ白に雪が積もった寒い日だった。父と一緒に見送りにかけつけた私に、伯母は「あの子が履いていく靴やから、美しゅう磨いてや」そう言って、古い革靴を出してきた。ちょっとやそっとではきれいにならない古い靴に、私は何度も靴クリームをつけては丁寧に磨き上げた。

「えろう美しゅうなった」

と伯母は喜んでくれ、従兄は、

「こんなにきれいに磨いてくれて、ありがとう」

と、改まったように礼を言った。そして、その靴を履き、鎮守の森のお社の前で、村の人々の歓呼の声に送られ、従兄は生まれ育ったふるさとを後にしたのだった。

田も畑も農道も、白一色に雪化粧した中を、まだはたちのうら若い彼は、両親に守られるようにして駅へ向かった。『必ず、無事で戻ってこいよ』と伯父、伯母はどんなに願ったことだろう。しかし、従兄は、二度と再びふるさとの土を踏むことは無かったのだった。わずか二十年の短い人生であった。

「戦病死」という公報が入ったのは、終戦前だったか後だったか、私は、はっきり覚えていない。一縷の望みをかけて伯母は、「同じ部隊に同姓の人が居たらしいので、その人の間違いではないか」と言いながら役場をまわったという。「お国のため」とはいえ、たった一人の跡取り息子をなくした伯父や伯母たちは、どんなにか諦め切れなかったことであろう。

戦後、働き手をなくした「田舎」から、時折「誰かを手伝いによこしてほしい」と、父あてに葉書が来るようになった。そんな時は、姉と、私と、二つ下の弟のうち、誰かが手伝いに行った。

伯母に従いて、田舎の家から遠く離れた畑で、えんどう豆の収穫を手伝った時のことだ。畑では、私の背丈が隠れるくらいに成長したえんどうが、沢山の豆をつけ、竹の支柱に支えられて、幾つもの畝に整然と並んでいた。

私は無心になって豆をとっていて、ふと気がつくと、辺りは時間が止まってしまったかのように静まりかえり、伯母のいる気配もない。見通しの利かない畑に、たった一人取り残されて、私は心細く不安になった。大きな声で、

「おばちゃん!」

と叫ぶと、なぜか思わぬ遠くの方角で返事がした。その声を聞いて、私はほっと安堵し、

作業を続けることができたのだった。暫くして戻ってきた伯母の目が、赤く充血しているのを私は見た。農作業を手伝う私に、伯母は帰らぬ息子の姿を重ねていたのだろうか。伯母の胸のうちを思い、私は言葉を失くしてしまった。

学徒動員

二年生の二学期から学徒動員で天神の広崎化学工場へ通うようになった。スカートの代わりにモンペをはき、布で作った袋を肩から斜めにかけ、反対の肩からは防空頭巾を斜めにかけた。警報が出ればいつでもかぶって素早く避難できるいでたちだった。

工場では畳一枚分くらいの大きな和紙を、乾板の上で何枚も重ねて貼(は)り合わせる作業をした。この部厚い和紙で風船爆弾を作って飛ばし、それが気流に乗って太平洋を渡りアメリカ本土を爆撃するという。「ほんとにアメリカに着くのやろか」とみんなでささやいたが、「お国の為」と私たちはただ黙々と働いた。

昼食は工場で支給され、学童疎開をして誰もいない荒れ果てた隣接の小学校で食べた。あちらこちらの窓ガラスが破れ、冬の季節はまるで吹きさらしのように冷たく寒い教室で、ガチガチ震えながら食事をした。「正座すると少しは温(ぬく)いかもよ」と誰かが言った。私も硬い木の椅子に足の痛いのを我慢して正座してみた。「足を下ろしているよりは少しましかな」と思った。唯一とれる暖は、浅い弁当箱のふたに注がれる熱いお茶だけだった。

それから暫くして森の宮の陸軍造兵廠に移った。ここは兵器を造る広大な規模の軍需工場で、私たちの他にも沢山の学徒が動員されて来ていた。みんな現場のいろんな部門に配属され、私は数人の級友と共に事務所に回されて、給料係の手伝いをすることになった。

昭和二十年三月十三日の夜、大阪は大空襲を受け、市内の大半は焦土と化した。

私の家は、すぐ近くまで炎が迫ったが幸いにも焼け残った。家がびっしり建て込んでいるこの辺りは防空壕を掘る場所もなく、父が家の床下に塹壕のような穴を掘った。空襲警報が発令されるたびに家族みんながその中に入って息を潜め、一刻も早くB29爆撃機が立ち去ることを祈った。ずっと後になって、あの床下の防空壕は、ひとつ間違えば焼け崩れる家の下敷きとなって、家族全員の墓穴になったかも、と思った時、背筋が寒くなるのを覚えた。

空襲で大火災が起こった後は、必ず黒い雨が降った。

空襲が激しくなり、焦土と化した大阪の市内は交通機関が途絶え、動員先の大阪陸軍造兵廠には、家から片道二時間ばかりの長い長い道程を歩かねばならなかった。

ある日、帰宅途中で突然空襲警報のサイレンが鳴り渡った。私はとっさに近くに見えた地下鉄の駅にかけ込んだ。階段を下りた辺りは人の顔の見分けもつかない程暗く、他に避難している人もかなりあったようだ。私のすぐ近くに私と同じくらいの女子学生がいた。互いに一人で心細かった私たちは、いつの間にか親しい友達のように手をつなぎ合ったまま、黙って恐怖の長い時間を耐えた。

漸く警報が解除になって外へ出ると辺りはすっかり夜。地上に出た人々はいつか散り散りになり、幸い帰る方向が同じだった私たちはたった二人、暗く、広い国道の真ん中をしっかりと手をつないで歩いた。国道の両側は見渡す限りの焼け野ケ原と化していた。焼け跡特有のキナ臭いにおいが鼻をつき、不意に闇の中でボーッと上がる残りの火の手が不気味に赤く、焼けただれた建物の残骸や、宙に浮いた、熱で曲がりくねった水道管などが化け物のようなシルエットを描いていた。二人とも無言で必死に歩き続けた。焼け跡の暗闇から誰かが飛び出して来そうな予感がして尚更恐ろしかった。

国道の大きな交差点まで来て私たちは別れることになった。「さよなら」「さよなら」名前を聞く気持ちのゆとりすらなかった彼女との一期一会であった。

造兵廠壊滅

忘れもしない終戦前日の昭和二十年八月十四日、造兵廠がＢ29の集中爆撃を受けた。その日は廠本部で動員学徒隊の結団式があって、式が終わり隊列を組んで持ち場へ戻る途中で、突然空襲警報のサイレンが鳴り渡った。正午に近いころである。駆け足で帰り、警報が出るといつも入る頑丈な造りの防空壕まで来た時、「ここは兵隊さんが入るからあかんねんて！　私らは造兵廠の外へ逃げるんやて！」と誰かが叫んだ。「えーっ」すでにＢ29の爆音が聞こえる。私たちは他の学校の学徒たちに混じって、森の宮の門に向かって必死に走った。門を出てすぐ側の城東線（今の環状線）のガード下をくぐってふと振り返った時、上空から大きな爆弾の落ちてくるのがはっきりと見えた。もう無我夢中で目についた道端の防空壕に転がり込んだ。と同時に壕が激しく上下に揺さぶられ、両手で頭を抱え込んだ私の顔に、下から吹き上げた土が容赦なく叩きつけられた。揺れが収まるとすぐさま壕の入り口を見た。外からの光が見える。生き埋めにならなかった――。Ｂ29の爆音が聞こえなくなるのを確かめてから壕を飛び出し、またもや必死に走った。造兵廠が爆撃の目標らしい。そう思うと一刻も早く廠から遠ざかりたかった。

　気がついてみると、いつの間にか、たった一人になっていた。次の梯(てい)団の爆音が聞こえるとまた近くの壕に飛び込んだ。何度か壕の梯子(はしご)をするうち、やっと空襲警報が警戒警報になった時は、玉造辺りまで逃げ延びていた。そこでばったりと二、三人の級友に出会った。「無事やったんね」と互いに声をかけ合った。その中の級友の一人が「これあんたのお弁当」と言って、私に弁当の包みを渡してくれた。

　造兵廠から出る昼食は、当時はとても貴重なものだった。市民の口には滅多に入らない米(こめ)ばかりのご飯とたっぷりのお菜だった。この日私は弁当を取りに行く間がなかったが、結団式に出なかった彼女が、あの爆撃の中を他人(ひと)の弁当まで持って逃げてくれていた。思いもしなかったことだった。「ありがとう……」私は見渡す限り焼け野原の道端に腰を下ろして、その弁当を涙ぐみながら食べたことを今でも忘れはしない。

　警報が解除になると、私たちは必死に逃げて来た道を、また造兵廠に向かって歩き出した。午後四時もとっくに過ぎていただろうか。造兵廠の門の辺りには、爆弾でえぐられた直径10メートルぐらいのすり鉢状の大きな穴が幾つもできていた。そして廠内は徹底的に破壊され、焼き尽くされ、沢山の人が死んでいた。「ひと足違いで森の宮のガードを越せなかった人らは、逃げおくれて死んだらしいわ」そんな話が伝わってきた。

「あの日、朝子はもうあかんと思うた」と、後日父が親類の人に話しているのを耳にした。

学校へ戻る

終戦と共に学徒動員から焼け残った学校へ戻ったものの、暫くはまともに勉強ができる状態ではなかった。戦後の混乱期、日本人は衣、食、住にこと欠き世間は失業者であふれた。徴用にとられて造船所で働いていた父も敗戦と共に職を失った。とても元の呉服の商いができるわけがなかった。

最悪な食糧事情の中でもヤミ市の露店では法外な高値で何でも売っていた。「住吉公園で、薄いお粥（かゆ）を茶碗一杯いくら（値段は忘れたが）で売っていた」と、近所の人が話すのを聞いて「お粥（かゆ）まで売るとは」と私は驚いた。

焦土と化した大阪市内は市電が止まり、南海電車を難波で降りてから三十分ばかり歩いて学校に通った。途中、心斎橋筋では焼け跡にバラックながらボツボツと店が建ち、復興の兆しが見えはじめた。学校でも、少しずつ勉強ができるようになった。

戦後になって初めて敵性語と禁じられていた英語を習った。国語の授業はまことに魅力的だった。わら半紙の粗末な教科書に出ている『奥の細道』を、くり返しくり返し暗唱した。数学が苦手の私が、なぜか図形の授業は面白くて仕方なかった。紙質の悪いノートに、少しでも紙を節約しようと小さな小さな字を書いた。

五年になると九州方面への修学旅行があったが、家の経済状態を思うととても行けなかった。旅行の間、不参加者は登校して教室で自習をする。その人数が意外と多かったので、修学旅行に行けなかったことがそんなにさみしくはなかった。

卒業と時を同じくして、学校が六三制に変わることになった。新制高校が発足するので高校三年に進む人と、女学校で卒業する人とに分かれた。卒業する人は就職活動に忙しかった。私は教師になる為の学校に進みたかったが、家のことを思えばあきらめるしかなかった。

2　山吹の花

敗戦後は深刻な食糧難だった。人の心は荒(すさ)み、飢え死に、行き倒れなど珍しいことではなかった。母親を早くに亡くした近所の子が、骨に皮ばかりが張り付いたような姿になってごみ箱をあさっていた。私の家でも徴用にとられていた父が失業し、農家の親戚に食糧を頼らねばならなかった。辛（つら）い時期だった。

終戦のあくる年の春、私は田舎の伯母の家へ行った。たけのこを掘りに行く伯母の後に従って私は野道を歩いた。青く晴れ渡った空にB29はもう来ない。辺りはあくまでも穏やかな春の野であった。ふと、行く手に小さな黄色い花を沢山つけた灌木を見つけた。近寄って私は思わず、「わあ、きれい」と声をあげた。久しく花などを見なかった。「山吹の花よ」と伯母が教えてくれた。うららかな陽の光を浴びて、半円球の小さな花の群れは、小さな黄緑（きみどり）の葉に映えて黄金色（こがね）に輝いていた。私はしみじみと美しい花たちを見つめた。「世の中には、こんなきれいな花もあったんだ……」それは驚きにも似た思いだった。生きることに精一杯で、ゆとりのなかった私の心に、和やかな思いがしみ渡っていった。

あれから毎年、山吹の花に出会うたびに懐かしい思いをこ

めて眺めてきた。戦争は昔の話になり、豊かな世の中になった今、改めて平和の有り難さをかみしめたいと思う。

今年ももうすぐ山吹の花が咲く。

3 大八車の旅

「気をつけてなあ」と田舎の人たちに見送られて、父と当時十五歳だった私と、私より二つ年下の弟の三人で、朝早く大和盆地にある父の生家を発った。戦時中疎開してあった家財道具を大八車に積んで、我が家まで運んで帰るのである。あれは終戦の明くる年の春だったと思う。空襲の脅威からは解放されたが、世の中は深刻な食糧難の時を迎えていた。

山のように積み上げた家財道具を、荷崩れしないようにしっかりとロープで縛って、父が梶棒を握り私と弟が後押しをした。はるか西に連なる生駒山脈を越え、大阪までの道程(みちのり)は生半可なものではない。けれども苦しいとも、つらいとも思った記憶は無い。まずあの恐ろしい空襲がない。B29は来ないのだ。それに伯母の心尽くしの弁当が荷物と一緒に積んである。それは混ざりものの無い、真っ白な米だけの、大きな握り飯だった。

「道をよく覚えておけよ」と前で梶棒を引きながら父が後ろの私たちに声をかける。大八車を田舎へ返しに行くのは私たち子供の役目だった。私と弟は並んで後押ししながら通り抜ける村の名をしっかりと覚えこんだ。

太陽が頭の上まで来た頃、「昼飯にするか」といって、父は大八車を山肌の方に寄せ、腰の手ぬぐいで汗をふきながら少し小高くなった所へ登った。私たちも、それが一番楽しみの弁当を抱えて後に続く。大八車を止めた道路に沿って汽車の線路が延び、そのすぐ向こうを大和川の流れが開けて見えた。竹の皮の包みをあけると、大きな白い握り飯がまぶしく光って並んでいる。中に梅干しが入っているだけのそれは、その時代、親子三人で囲む何よりぜいたくな食事だった。

「あんな所にセリがある」小さな流れに自生したセリを見つけて父は下におりて行った。食べられるものは何でも食糧となった。私たちは摘めるだけのセリを摘んで母への土産にした。大八車の、さっきまで弁当のあった場所に、今度はセリの束が揺れていた。大きな積荷と共に我が家にたどり着いたのは、春の日も暮れようとする頃だった。

大八車を返しに行く日は、私と弟と、そして私より三つ年上の姉が途中までついて来てくれることになった。今度は母が、なけなしの米をかき集めて作ってくれた三人分の握り飯が、ふろしきに包まれて大八車に、しっかりとくくりつけてあった。

　うららかな陽春の中を、交代で梶棒を引いたり、後押しをしたり、くたびれると車に乗ったりしながら大阪の市内を外(はず)れると、舗装された一本道が続く。途中で夏みかんを一(ひと)山(やま)十円で売っている家があった。つややかな黄色と、一山の数の多さにつられて、「夏みかん買おうか」と私が言った。「うん、買おう」姉も弟も賛成した。乏しい持ち金の中から買った夏みかんは春の香りがした。交代で番が回ってくると、がたがた揺れる車の上で酸っぱい夏みかんを口をすぼめて食べた。

　府県境の山が近くなってくる頃、道路はいつの間にか大和川の流れと道連れになる。くたびれた足を少し冷やそうと、道端に大八車を止めて三人は川へ下りて行った。冷たい水は、ほてった足に心地良かった。あまり間をおかずして大八車の所に戻った私たちは一瞬、息を呑(の)んだ。握り飯のふろしき包みが無い。夏みかんの袋も無い。盗られた――。辺りを見回したがそれらしい人影はない。母の心尽くしを思うと悔しかった。ただ悔しかった。

「うち、ここから帰るわ」突然姉が言い出した。川向こうに汽車の小さな無人駅が見える。

「えっ」私と弟は顔を見合わせた。向こうへ渡るには近くに見える吊(つり)橋しかない。壊れそうな古い吊(つり)橋は、いかにも頼りなげに川の両岸(ぎし)をつないでいた。しかも川幅は大分ある。

「ちゃんとした橋のある所まで行こう」という私たちの制止を聞かず、姉はその吊（つり）橋を渡り始めたのだ。ゆらりゆらりと揺れるその橋を手に汗握る思いで見つめ落ちはしないかと、私と弟は息を詰めて見守った。

どうにかこうにか無事、向こうへ渡りきったのを見届けると、私たちは田舎の家を目指して車を引いた。弁当を盗まれたショックも、姉がいなくなった心細さも、一刻も早く田舎の家に着こう、という思いで振り払った。途中、道を間違えては行きつ、戻りつしながら、陽が西に傾きかけた頃、広い野面（づら）の彼方に父の生家が見えて来た時は、張りつめた気持ちがどっと緩み、弟の顔にも安堵の色が広がっていった。

今にして思えば大八車ごと盗まれなかったのが、まだしも幸いということだ。そして後日、姉があの吊（つり）橋を渡ったことを知った母は、「大胆な子や」と震える声で言ったのを思い出す。つらい時代の思い出が、家族の絆の中で懐かしいものに風化されている。

大八車の旅は、再現しようとして出来得ない「私の大切な思い出の旅」となった。

4　苦難の日々

父の失業

「お金が無い」ということの辛さを知ったのは、父が失業してからだった。
敗戦と共に、徴用にとられて働いていた造船所を放り出された父には、行くあてがなかった。戦後の混乱期、人々は食べ物を求めて汲々としていた。衣料は統制であったし、とても元の呉服の商いができるような、社会の情勢ではなかった。家族の生活の為に、父は毎日毎日仕事を探して歩いた。そして知り合いの鉄工所で働かせてもらったり、肩引きの荷車を引いて、運搬の仕事をしたりして僅かな賃金を稼いだ。長年反物を扱って生計を立て、五十歳に手が届きそうな年になっての肉体労働は、かなりきついものに違いなかった。

そのころは、ヤミ市へ行けば、法外な値段で何でも売っていたけれど、わが家ではとても買えるゆとりは無かった。滞りがちな米の配給の補いに、イモやカボチャなどで飢えをしのいだが、高いヤミの米も買わねばならなかった。そんな時であった。「いつでも家にあるもの」とばかり思っていた紙一枚、泡の出ない石けん一個を手に入れるにも、「お金が要るのだ」と痛感したのは。そしてお金が無ければ生活していけないという、至極当たりまえのことを改めて悟ったのだった。

ある日のこと、家族みんなの顔が揃った食事時だった。父が弟に、「おまえ、前田の所へ行ってみる気はないか。手に職さえつけておけば将来食いはぐれることはないぞ」と言った。前田さんは父の友人で、小さなパン工場を経営している人である。弟は黙って箸（はし）を動かしていたが、しばらくして「行ってもいい」と、素直に父の言葉を受け入れた。父もよくよく考えての上であったろうが、私は側にいて胸を突かれる思いだった。その時、弟はまだ旧制中学の一年生であった。失業してみて、呉服を扱う以外手に職がない為に、生計を立てる苦しさを知った父であった。

姉は女学校を卒業して、女子挺（てい）身隊員としてアルミ工場で働いていたが、敗戦と共に挺（てい）身隊が解散になり、その後は近くの家内工業の町工場へ、作業の手伝いに通っていた。次いで、父は私に「おまえは学校を続けたいか」と尋ねた。私は即座に「続けたい」と答えた。わが家の事情をよく承知しながらも、あと二年余りどうしても行きたかった。小学校のころから「学校の先生になりたい」と思っていた私は、とてもその為に上の学校へ進めるとは思わなかったが、ともかく女学校だけは卒業したかった。父も無理に「やめろ」とは言わなかった。やがて弟は学校を中退して、前田さん方で住み込みで働くようになった。父にしても弟にしても、どんなに辛い思いであったことか。

その年も師走に入ったある日、学校から「先生方の越年資金の為の、寄付のお願い」という保護者あての文書が配られた。それを見て私の胸は暗くふさがり、できることなら親に見せたくないと思った。が、「寄付のお金を持って行かなかったら、学校におられなくなる」そう考えると、その文書を勝手に握り潰すことができなかった。私が差し出した紙切れに目を通した父は、黙ったまま何も言わなかった。数日してお金を手渡された私は、その何枚かの紙幣に、父の血と汗が染みこんでいるのを感じたのだった。寄付は強制ではなかったかもしれないが、お金を出せなくて何人かのクラスメートが退学していった。失業者が溢れていた時代、ある一部を除いてはどこの家も苦しかったに違いない。

自転車泥棒

その日は雨が降っていた。夜の九時近くにもなっていただろうか。

「ちょっと、そこまで送って行ってくるわ」そう言って姉は、その日は休みで、久しぶりに家に帰っていた弟と連れ立って出かけた。表の戸の閉まる音を聞きながら、私は玄関とはガラス障子一枚隔てただけの次の間で、宿題をしていた。側で朝の早い両親がすでに眠りについている。その妨げにならないように電灯のコードを低く延ばし、灯りを卓袱台の近くまで下ろして宿題の勉強に余念がなかった。暫くして弟を送って帰って来たらしい姉の声がした。「なんで表の戸を開けてあるの?」私は「誰も表の戸は開けへんのに」と不審に思っていると追い打ちをかけるように、「自転車が無い!」と姉が叫んだ。「えっ」慌ててガラス障子をあけると、目の前の通り庭に通じる三和土に、父が在宅の時はいつも置いてある自転車は無く、雨にぬれた数個の地下足袋の跡が残っているだけだった。「自転車を盗られた——」私は気が動転した。父の大切な足である。その日暮らしのわが家にとって、それは大きな痛手だ。「どうしよう……」るす番をしていたのは私だ。頭の中は責任感で一杯になった。

騒ぎに両親も目を覚まし、二人とも突っ立ったまま呆然と玄関を見下ろしている。「気がつけへんかったんか」怒気を含んだ父の声に、私は「うん……」と言うより外はなかった。姉が戻ってくるまでの僅かな間に、ガラス障子一枚隔てたすぐ側で盗難が起こっていようなど、夢にも思わぬことであった。姉たちが出かけて行ったあと、泥棒は音もさせずに玄関の重いガラス戸を開け、まるで忍者のように自転車を盗み出したのだ。宿題に気をとられていた上に雨の音も手伝ったのか、全く何も気付かなかった迂闊な私だった。

「おとうちゃん、交番へ届けよう」私はわらにもすがる思いで言った。「行ったかてあかん」父には届け出をする気持ちなど毛頭ない。明日にはどこかのヤミ市で売られていることだろう。自転車を取り返したい一心だった私には、そこまで考えが及ばなかった。「届ければ巡査が泥棒を探して捕まえてくれる」そう思った私は、「ウチ行ってくる」と雨の中を、ちびた下駄を履いて一人で傘をさして交番へ急いだ。辺りは暗く人っ子ひとり通らない。心細さも忘れて「自転車が見つかりますように」そればかりを念じていた。やがて家から百メートルばかりの所にある交番の赤い灯が見え、両手を後ろで組んだ巡査が交番の入り口に立っているのが見えた。その時分の巡査はまだ腰にサーベルをつけ（ていたように思う）、子供にとっては怖い存在だった。その怖い巡査の前におずおずと立つと、私は事の顛末を話し出した。巡査は、私の頭の天辺から足の先までじろりと眺めまわし、聞いているのかいないのか終始黙っていた。私が話し終えると暫く間をおいて、「戸主の名前」と聞き、続いて「家はどこや」と言った。私は一生懸命答えたが、彼は立ったまま格別何かに書き留める風もなく、「見つかったら知らせてやる」と言ったきり中へ入ってしまった。一つおじぎをして、私はがっかりした重い気持ちで家に引き返した。雨にぬれた素足が冷たく、ちびた下駄がひどくみじめだった。

何日かして学校から帰ると、いつもの場所にピカピカの新しい自転車がでんと据えられてあった。「これ、どうしたん？」私は「ただいま」の挨拶も忘れて思わず大声を出していた。奥から顔を出した父が、「買うたんや。どうや、ええやろ。新車やで。乗り具合は前のとは比べものにならん」と言って自慢をした。父の明るい顔は嬉しかったが、「お金、どうしたんやろ。（値段が）高かったやろうに、無理したんやな」と思うと、私はすまない気持ちで一杯になった。新しい自転車が来て、家の中が一ぺんに明るくなった。「家にとっては生活必需品やもん。これでおとうちゃんも仕事ができる」私は何だか豊かな気分になった。

ところがである。新しい自転車を買ってから何日か過ぎたある夜明け方、二階で眠っていた私は、母のけたたましい叫び声で目を覚ました。「また自転車を盗られた――」何ということだ。今度は家族みんなが寝静まった夜中にやられたのだ。父の落胆ぶりは見るのも辛かった。どうしてこう貧しい家を狙うのか。ヤミでどっさり儲けている家も沢山あるだろうに……。無性に腹が立った。犯人を取っつかまえて自転車を取り返したかった。けれど前の時と同じように、盗られてからではどうしようもなかった。

「前の自転車を盗ったたんと同じ犯人やと思う。うちでは自転車が要ることを、よう知っている奴や。それで『まあ見ててみ、自転車が無かったら仕事にならんからまた買いよるで。そいつをまた狙おう』と、ずっと様子を見てよったんや。そこへ新車を買うたもんや、見逃すはずがない。あんじょうやられてもうた」そう言うと、父はがっくりと肩を落とした。

少し前から玄関の引き戸の錠前がすり減って、閉まらなくなったので、二枚の戸の重なる部分の下の方に父が錐で穴をあけた。そして夜はその穴に五寸釘を差しこんで、戸を引いても開かないように、そんな戸締りをして眠った。引いても開かない戸は、外から持ち上げれば簡単にレールから外れたのだ。普通そういう開け方はしないから、釘を差しこんだだけで戸締まりになると思っていたのが誤りだった。気が泥棒をするような人は、そんなことは先刻承知の上だった。気がついた時はあとの祭り。こうして二度も自転車を盗まれたのだった。わが家も貧しかったが、戦後まもなく、日本の国も貧しかったころの苦い思い出の一つだ。

かつて弟は、行きたくても学校へ行けなかった。今では登校拒否をする子のために、親や先生がその対策に苦慮しているという。朝日新聞の「天声人語」に、「アメリカの子供たちの読み書きの教育のために、日本の人の援助を期待している」という信じられないような記事が載っていた。戦勝国で豊かなアメリカ、敗戦国日本という意識が、今も頭のどこかにある戦中派の私にとって、まさに驚き以外の何ものでもない。世の中の移り変わりをつくづくと感じたことであった。

5　高田薬品時代

昭和二十三年の春、道修町にある高田薬品に就職することができて営業部第三課に勤務することになった。課員は十五名でそのうち女性は私より七つ年上の牧田さんと、結婚で退職した人の後に入った私の二人だけだった。

毎朝仕事が始まる九時よりも十五分ぐらい前には出社して、牧田さんと一緒に全員の机の上を固く絞った雑巾で拭き、次々と出勤してくる人たちにお茶をいれて配る。それが一日の仕事の始まりだった。課それぞれの担当者から回されてくる、特約店からの注文の薬品名と数量を、出荷伝票に記入して倉庫係へ回すのが私の主な仕事で、その他にも来客のお茶の接待や、様々な雑用で忙しかった。けれど家と学校の暮らしだけしか知らなかった私には、何もかもが目新しく新鮮で、毎日を張り切って過ごしていた。課の人たちもみんな親切だった。

昭和二十三年といえばまだまだ戦争の後遺症を色濃く引きずっていたころで、食糧をはじめすべての物資は欠乏していた。そんな中で会社から弁当代わりにと、一人に一個ずつ配られるコッペパンは有り難かった。まだそんな時代だった。

会社の近くのビルの入り口の脇で、付近のサラリーマンたちの靴を磨いたり、修理をしたりしている靴屋のおじさんがいた。顔見知りになったこのおじさんにある時、「私、新しい靴が欲しいんやけど……」と話しかけると、「まかしとき。わしがええのんこしらえたげるよってに」といって、早速紙に鉛筆で私の足の型をとった。「いくらぐらいするの」と聞くと何と私の給料の二カ月分だという。びっくりした。「そのかわり本革（牛革）のええのんやでぇ。二回に分けて払うてくれたらええ」とおじさんはにこにこして言った。

何日か経って、足にぴったりの薄茶色の中ヒールの靴が出来てきた。生まれて初めてのかかとの高い美しい靴に私はとても満足した。

初月給はこの靴の半額に消えた。そして次の給料でやっと一足分の靴の支払いができたのだった。私はこの靴を長い間、大事にして履いた。

そのころ、仕立て上がりの洋服というのはほとんどなくて、洋服店に頼むか自分で作るより仕方がなかった。仕立て代がもったいなくて、自分で服を縫おうと思い月賦でミシンを買って、会社の仕事が終わってから夜、洋裁学校に通った。

はじめのうちは製図ばかり、その次は部分縫いの練習だった。そのうち自分が着ていた女学校の制服の上衣を解いてベストを作ったり、ひだのスカートをタイトスカートに直したり、リフォームばかりしていた。母のセルの着物を貰(もら)って秋の服をこしらえたこともある。新しい布地を買った時は鋏(はさみ)を入れるのが怖くて、失敗したらどうしようと思うとなかなか裁断できなかった。学校のない日は会社の帰りに自分の服を作る参考にと、心斎橋の洋装店のショーウィンドウをのぞいて回った。

いつだったか、「神戸の三の宮のガード下で洋服の生地を安う売るところがあるから行かへん？　私、電車の回数券を持っているから」と、友だちに誘われて三の宮まで足を延ばしたことがある。店のにいちゃんに、「かなわんなア、そないにまけられるかいナ」とボヤかれながらも、ヘリンボンの上等の生地を友だちと一緒になって、思いっきり値切って買った思い出が懐かしい。

そのほかにお茶とお花のけいこも始めた。毎日が忙しく、日曜日に自分のものの洗濯や部屋の掃除をするくらいで、家事はほとんど手伝わなかった。全く親の助けにはならない不肖の子だった。

そのころからボツボツと社交ダンスが流行（はや）り出していた。「五時に仕事が終わってから、屋上でダンスのレッスンをしているから行ってみない？」と牧田さんに誘われて、ある日三階建ての社屋の屋上へ上がった。復員帰りの伊東さんをリーダーに、スロー、スロー、クイック、クイック、スローと、男女合わせて十数人の人たちが居て、レッスンに余念がない。しばらくその様子を見ていると、「やりますか？」と伊東さんに声をかけられた。牧田さんと一緒に、「お願いします」とは言ったものの、私はおっかなびっくりだった。伊東さんに合わせて足を運ぶのだけれど、他人（ひと）の足を踏んだり、つまずいたりでなかなか思うようにはいかなかった。レッスンが終わるころ、陽が西に沈んで辺りには宵やみが迫り、屋上にさわやかな風が流れて、一日の疲れを心地よくいやしてくれた。

ガヤガヤとにぎやかに階段を下りて行く人たちの後に付いて、私はレッスンの様子を思い返していた。戦闘帽こそかぶっていないけれど、ダンスをするにはおよそ不似合いな、くたびれた復員服に兵隊のドタ靴をはいて、大真面目でステップを踏んでいた伊東さんの、一生懸命な姿になぜか感動していた私だった。

次の日から毎日五時になるのが待ち遠しかった。そしていつの間にかレコードに合わせて屋上のコンクリートの床で、トロットやタンゴ、ワルツなどを踊れるようになっていた。毎日毎日が楽しかった。どこそこでダンスパーティーがあるという日は、仕事が終わると精一杯のおしゃれをして、レッスンの仲間たちと一緒に出かけた。その中に背の高いスマートな人がいて、その優しそうな風ぼうに私は淡い憧れを抱くようになっていた。

ダイヤライトの光が渦巻き、滑りのいいフロアでバンドのリズムに乗って踊るうちに、たまたま憧れの人とパートナーになった時などは胸がドキドキと高鳴り、「このひとときが永遠に続けばいいのに」などと思ったりした。

――ある日、課の男の人たちが会議で全員席を外し、雑然と書類などが積み重ねられたそれぞれの机に、電気スタンドの明かりばかりが柔らかく降り注ぐ中で、私はたった一人、仕事の手を休めてぼんやり考え事をしていた。「これでよかったのだろうか――」私は自分に問いかけていた。

いつのころからか学校の先生になりたいと思っていた私だったが、敗戦と共に父が失業し、家族五人生き延びるのがやっとの暮らしの中で、上の学校へ行くなどとても考えられないことだった。いきおい年来の望みはかなえられないものと諦(あきら)めていたところ、耳よりな話が伝わってきた。給料が低いので先生に成り手がなくて、女学校卒でも小学校の代用教員として採用されるというのである。女学校の卒業式も間近に迫った時、私の希望を聞いた担任の先生が「あなたの出身校の校長先生に頼んであげましょう」と言って下さって、その日先生と私は、市電に乗ったのだった。しかし貧しく手みやげも持たない私を連れてのはじめての校長との面会。車内で先生は、「代用教員の給料は企業に比べてうんと少ないし、いつかきっと企業に就職した人たちをうらやましく思う時がきますよ。思い返すなら今。代用教員になるのは止めたほうがいい。そうしなさい」と強く説得をはじめたのだ。吊革(つりかわ)につかまり市電に揺られながら私は黙って、先生の言葉を聞いていた。そしてなぜか、「それでも」とは言えなかったのである。

その後、教頭先生と担任の先生とのお骨折りで今の会社に就職することができた。何もかもが新しい未知の社会で青春期を迎え、私の毎日は楽しく充実していた。「これでよかったのだ――」私は自分に、そう言い聞かせた。

しかし、会社に入って丸三年も過ぎるとすっかり仕事にも慣れてしまい、「いつまでもこんな雑用みたいなことばかりしていてよいのか」と思うようになった。一生通してできる仕事を見つけたかった。ある日、駅の近くの洋装店で「洋裁のできる人募集」のはり紙を見つけた。「人様の洋服を仕立てられるようになれば」と思って、ひるむ心を励まして店に入っていった。

「今どこかへお勤めですか」と店の女主（あるじ）に聞かれ、「道修町の高田薬品に勤めていますが……」と答えると、「そんないい会社に勤めてはって何でまた……。うちなんかろくな給料も出されへんし」と体よく断わられてしまった。それからは、そういうはり紙の店を見つけても再び入っていく勇気をなくした。美容師になろうか、と思ったりもしたがそんなつてもなかった。それに人並みに「結婚したい」という願望もあった。けれど結婚しても仕事を持っていたかった。

同期で入社した女性の一人が、結婚の為に退社していった。私は自分の将来が見通せずに思い悩んでいた。社内でそれとなく近づいてくる男性もいたけれど、もうひとつというところで踏み切れないでいた。そんな時に父の友人が見合いの話を持ってやってきた。私の家からさほど遠くない所にある小学校の先生だという。

写真も何もなかったのに、学校の先生というだけで見合いをする気になったのは、自分がなれなかった「先生」に執着があったのだろう。それもあるが、いっそ何の予備知識もない白紙の人の方が思いきって結婚に踏み切れるような気がしたのも事実だった。思えば自分の生涯にかかわる重大事なのに、何と無謀なことを考えたものだろうか。父は私の意思にまかせると言ったが、母は姉が結婚して家を出て間もなくのことであったので、見合いには反対はしなかったけれど、私にはもう少し家にいてほしいという意向らしかった。その時は何も言わなかったのに、ずっと後になって母の口から聞いたことがある。

第３章　結婚生活と娘の成長

１　甘くなかった新婚生活

伊豆、箱根方面への新婚旅行から帰って来て、婚家から初めて会社へ出勤した日の朝だった。「なんにも変わってへん……」乗っていた南海電車が、実家のある辺りにさしかかった時、窓の外の風景を見て思わずそう呟いた。見慣れた家々の電柱などが、何の変哲もなくそのまま通り過ぎていく。私を取り囲む環境は百八十度大きく変わったというのに……。世の中はいささかの変化もない。至極当たり前のことに、その時の私は何か驚きのようなものを感じたのだった。

驚きといえばまだ他にもあった。明治生まれの中学校教師の舅は、厳格な感じの人だった。新婚旅行から婚家に戻って夫と一緒に、「ただ今帰りました」と義父の部屋へ挨拶に行った時のこと。「旅費の残りは?」と義父に聞かれた夫が、「少し足らんかったから、嫁さんが持っていた金を使うた」と言った途端、義父は激怒して、「多すぎるぐらい遣(や)ったはずや。どんな使い方をしたんか」と声を荒らげた。激怒した舅(しゅうと)にも驚いたが、新婚旅行の費用を親から貰っていた夫に、もっと驚いた。

昭和二十七年十一月、二十二歳の私と二十六歳になる彼とは、沢山の親族に祝福されて住吉大社で結婚式を挙げた。そのあと婚家まで私を送り届けてくれた父方の叔母は、私の母に「あの子は苦労するで」と言ったそうな。

舅(しゅうと)は住吉の土地の人で、その生家は、分家した住まい(私が嫁入りした家)から百メートルばかり離れた所にあり、その家のことを夫の家族たちは「おもや」と呼んでいた。「おもや」は代々農家で、戦前まではこの地のかなりな地主であったという。

姑(しゅうとめ)は夫が十五歳の時に亡くなっていた。そして夫を頭に四男一女のきょうだいがいて、長子と末子とは九つ年が離れているだけだった。夫より二つ年下の義妹が主婦代わりをし、それより二つ年下の、私と同い年の次男和夫は無職、その二つ下の三男は計器会社に勤め、末弟はまだ高校生だった。

こうした家族構成の中で、家事を他人に頼んでいた頃もあったらしいが、子供たちが小さかったころから母親の居ない家庭がどんなものか、ある程度は分かったつもりでいた。が、一緒に暮らし始めてみると、それは想像をはるかに越えたものだった。

父の知人が見合いの話を持ってきた時、「兄弟の中に、やんちゃはんが一人居るぐらいで……」ということだったが、婚家でのこのやんちゃ和夫の存在は大変なもので、家族の生活を滅茶苦茶に振り回していた。実家の父が縁談の聞き合わせに、夫の家の近所を訪ねて歩いた際、どこの家からも和夫のことについて詳しく聞くことが出来なかった。彼のせいで幾度かあった夫の縁談が片っ端から壊れていたので、当の本人が近所に口止めに回ったのだと、後から聞かされた。夫との交際中にも、ただの一度も和夫に会ったことはなかったが、私はあまり気には留めていなかった。そうして結婚式の日に初めて顔を合わせたのだった。婚家の二階で生活を始めてからも、和夫は家に居ないことの方が多かった。

結婚して間もないある日の夕方、階下で只ならぬ物音がするので、何事かと下へ降りてみると、部屋の襖はビリビリに破れて踏み倒され、お膳立ての出来ていたらしいちゃぶ台はひっくり返って、食べ物や食器が辺りに散乱し、その中で和夫がわめき散らしていた。まさに家庭内暴力そのものだった。

「いずれ分かることやから、あんたにもよく見といてもらおう」と、顔を引きつらせた舅(しゅうと)が私に言った。あまりの狼藉(ろうぜき)に胸がドキドキし、足がすくんだ。義妹に聞けば、父親に金をせびったのにくれなかったので暴れているという。その金額の僅(わず)かさに全くバカらしくなってしまった。何でもいい、働けば小遣いぐらいどうにでもなるのに。毎日何をしているのだろう。結婚後も勤めを続けている私には分からなかった。父の知人が言った「やんちゃはん」の実態を見て、私はただただ驚くばかりだった。

そのころは敗戦からすでに七年経っていたが、朝七時か七時半（だったか）になると時間制限といって、ガスが止められてしまった。義妹は家族の朝食、私は夫の弁当作りの最中にスーッとガスの炎が消えてしまうともう大変、七輪に炭をおこして続きをやらねばならない。出勤の時間が迫るのに全く情けなかった。

勤め帰りにはいつも途中下車して、市場で夕食の材料の買い物をする。夫の好きなじゃが芋を煮た日のこと、「これ味付いてんのか？　芋に醤油が、よう染みてないと美味(おい)しない。味付け直せ」と言ったその時の彼は、全く暴君のように見えた。「これで美味(おい)しいのに」と思いながらも、言われる通りに味を濃く付け直した。「実家は薄味やったんやなあ」と、その時初めて気がついた。そして同じ市内にある実家を懐かしく思い出していた。

そう、あれは日曜日の午後のことだった。一人で家から五分ばかり歩いた所にある銭湯へ行った時のこと。帰るころになって激しい夕立になり、傘を持たずに来た私はどうしたものかと途方にくれていた。すると番台に居たおばさんが、「〇〇さん、神木さんのお嫁さんや。あんた帰る方向一緒やから送ったげてぇな」と男湯の更衣室に向かって声をかけた。「ええで」という返事が聞こえて、見知らぬその人の傘に入れてもらうことになった。さすがに古い土地柄で、町内の人の出入りはすぐに知れ渡るものと思われる。私は番台のおばさんの顔もまだよく知らなかったのに。しかしおばさんの親切はうれしかった。

ピカッと稲妻が走り、すさまじい雷鳴がとどろくたびに恐ろしくて、ろくに顔も見なかったその人の、番傘を持つ腕にしがみついて地面にしぶく雨に足を濡らしながらやたら歩を速めた。家の前まで送ってくれてその人は帰っていった。

やれやれとホッとして玄関を入ると、すぐ側の居間で所在なさそうにしている義弟たちが居たので、「ただいま」と声をかけて、「傘を持って行けへんかったのに、えらい雨に遭うて……。雷は鳴るし怖かったわ」と、誰にともなく言ったけれど、それぞれチラとこちらを見ただけで全く無関心、といった様子だった。夜になって帰宅した夫に話しても、「そうか」と言っただけで何の反応もない。全く間の抜けたような思いがした。そして今更のように風呂屋のおばさんや、傘に入れて家まで送ってくれた人の親切を思い出していた。

子供のころから、かばってくれる母親のいない暮らしの中で、大勢の兄弟たちがそれぞれに自分を守ることだけに精一杯で、周りにまで気を遣っていられないという習性が身に付いてしまったのだろうか。何か寒々としたものが体の中を通り抜けていった。

それから暫くして和夫がまた騒ぎを起こした。覚醒剤をやっていたこともある、と聞いていた彼が、何が気に入らなかったのか台所から刺身包丁を持ち出して、家に居た家族をだれかれなく追い回した。刃物の先が居合わせた私に向かってきた時、私は裸足のまま夢中で外へ飛び出し、近くの家で履き物と小銭を借り、電車に乗って実家に逃げ帰った。

翌日になって実家に来た夫に、「家の人たちは大丈夫?」と聞くと夫は、「脅しの為にやるだけで滅多に人を傷付けたりはせえへん」と言ったけれど、私は思い出しても恐ろしかった。

そんなことがあってから私と夫は暫くの間、私の実家から通勤した。そして夫の家族と別居することを考えていた。夫は八方手を尽くして家探しを始めた。そして昭和二十八年の六月になって、市営住宅に入居することができたのだった。舅(しゅうと)は長男が家を出ることに、相当のショックを受けていた様子だったが、何も言わなかった。私の嫁入り道具は婚家に七カ月余り在っただけで、再びトラックに積み込まれた。

城東区にある市営住宅は、木の香りのする新築の木造平屋建てで、二十余りの小ぢんまりした集合住宅だった。最初見た時は、「わりと、ゆったりした家やね」と、夫と一緒に喜んだけれど、実は一棟で三軒だった。六畳と四畳半のふた間に畳一枚分くらいの台所があるだけだったが、何よりもトイレに手洗いの水道が引かれていたのが嬉しかった。そのころ、婚家でも実家でも、手洗いはまだ手水鉢（ちょうず）の水を使っていた。

引っ越した日、ぬれ縁のあるガラス戸を開けて何気なく西の方に目を向けた時、思わず息を呑（の）んだ。戦時中、私が学徒動員で働いていた陸軍造兵廠が、終戦の前日、B29爆撃機の集中爆撃を受けて壊滅した。その日、廠の防空壕にも入れずに逃げまどい、辛くも九死に一生を得た恐怖の記憶がまだ生々しい。その造兵廠の焼けただれた残骸が、無残な姿をさらしたまま目の前に大きく立ちはだかっているではないか。広大な地域にまたがる造兵廠の一角が、ここまで広がっていようとは。「もう二度と来ることも見ることもあるまい」と思っていた、かつての忌まわしい思い出の造兵廠の残骸を目の当たりにして、私は言葉を無くした。けれどせっかく入居できた住宅だ。とやかくは言っておられなかった。

2　二人の子の誕生

分娩台に上がってからもかなりの時間が経ち、私の疲労と苦しみは限界に達していた。なのに赤ん坊は生まれ出ない。

そんな私をまたぐ形で、分娩台に上がってきた産婦人科の若い男の医師は、中腰になって私の足元にいる助産婦さんと向かい合った。助産婦さんの合い図で、私が無い力を振りしぼっていきむのと、医師が私の腹を下方へ押すのと、助産婦さんが見えている赤ん坊の頭を引っ張り出す作業を同時に、それを何度か繰り返して、やっと誕生した初めての我が子だった。

入院してから二日も苦しんだ挙句、仮死状態で生まれた赤ん坊は、とうとう産声をあげなかった。「女のお子さんです。よな（へその緒）が七重も首に巻きついていました」そう言って、助産婦さんは赤ん坊をチラと私に見せただけで、どこかへ連れ去った。

寝台車に寝かされて分娩室を出た私を、廊下で待っていた実家の母が見つけて、「どうや？」と心配そうにのぞきこんだ。私は目だけで少し笑ってみせた。母は、「お医者さんが『赤ちゃんはあきらめてもらわんならんかもしれませんが、母親は必ず助けます』と言うてくれはった」と声をつまらせた。

こうした状態で生まれた赤ん坊は、未熟児ながら生命力があったのか、「保育器の中に入っていますが大丈夫です」と、病室に来た看護婦さんが教えてくれた。

昭和二十九年十一月の午後二時に大阪の聖ジョーンズ病院で、長女京子は誕生した。

「女の子で良かった――。戦争にとられなくて済む」と正直、私はそう思った。戦争が終わって九年も経っていたのに、私の中で戦時中の記憶がまだ生々しかった。それに日本は戦争放棄をしたとはいえ、いつまた……という思いもあった。

それにしても、どうしてよ、な、が七重にも胎児の首に巻きついたのか。出産の時は私も苦しかったけれど、赤ちゃんもどんなに苦しかったろう。なのによくぞ生きていてくれたと、何かに向かって感謝したい気持ちでいっぱいになった。そして、

「あれだけの苦しみを乗り越えられたんやから、これからはどんなことが起こっても、きっと乗り越えることができる」と、確信に満ちた思いがしたのだった。

夫の学校の同僚に「姓名判断」に凝っている先生がいて、「ぜひ赤ちゃんの名前をつけさせてほしい」と言われ、名字との組み合わせを考えて、五つばかり名前を書いてきて下さった。その中から夫と私で「京子」という名を選んだ。私はこの名前がとても気に入った。

京子は色の白い、やせてほっそりした赤ちゃんだった。お風呂に入れると、小さな唇が赤い花びらのように染まり、じっと見上げる黒い瞳(ひとみ)が愛らしかった。ひざの上にのせて、赤ちゃんらしくない細い手足と、ぺちゃんこのおなかを洗いながら、「この子がこのまま年ごろの娘になれば、さぞかしすらりとした美人になるだろうに」そんなことを思った。銭湯で「まあ、きれいな赤ちゃんやこと」と言われると、これはほめられているのかどうかと一瞬考えた。でもやっぱり「よく太った元気な赤ちゃん」になってほしかった。

私の姉がヨチヨチ歩きのころ、股関節脱臼でギブスを巻かれ、親も子も難儀をした話を母から聞いていた私は、京子が生後五カ月ぐらいのころ念の為にと、紹介して下さる人があったので難波大学附属病院を訪れた。そこで京子を診察した医師は、「脱臼の心配はありませんが、この赤ちゃんは脳水腫です」と、深刻な顔で私に告げた。

どういう病気かよくわからないままに帰宅した私は、夫が買い揃えてあった育児書の中の、「赤ちゃんの病気」という本を取り出して調べてみた。そこには重い脳の病気が記されてあった。そしてこの病気になる原因の一つに、「お産の時に頭蓋内出血を起こしたことが原因になっていると思われる」という項目があった。ガーン、と頭を強く殴られたような衝撃だった。目の前が真っ暗になり、頭の上から黒い雲が覆いかぶさってきた。

一日一日をどう過ごしたか分からないような数日が過ぎたある日、京子がカゼをひいたので近所の小児科医院へ連れて行った。そこで先生に、難波大病院でのことを話したところ、先生は京子を自分のひざの上に立たせ（まだしっかり立てなかったが、足の力を見る為に）しばらくじっと顔を見つめておられたがやがて、「そんなことを言うたのは、どんな医者じゃ！　この子の目を見イ、この目を！　どこが脳水腫というのじゃ！」と激しい言葉を吐かれた。先生のその言葉に、私はどんなに救われたことか……。先生には、どんなにお礼を言っても言い足りない気持ちだった。

それにしても京子は発育が遅く、カゼや中耳炎などでよく熱を出した。そのたびに「権威ある難波大病院の先生の言われたこと」が頭をもたげ、不安に襲われた。親類縁者から遠く離れ、身近には相談する人もいない新米の母親は、病弱な子を抱えてうろうろと心を砕き、手を尽くす割には手抜かりばかりしていたようだった。

やがて京子が二歳の誕生日を迎えるころになって、漸く「この子は大丈夫」と、自分ながらに確信が持てるようになった。やはり難波大の医師の診断は誤診だった。頭だけは普通の赤ちゃん並みだった京子は、発育の悪かった体に比べて、その医師には頭だけが異常に大きく見えたのだろうか。出産の時、危険な状況だっただけに、はっきり誤診と分かって、また何かに向かって感謝したい気持ちになった。

京子があと三カ月余りで三歳になるその年の夏は、私の第二子の出産を控え、殊の外暑苦しかった。大きなおなかが胸を圧迫し、喘(あえ)ぐような息遣いの毎日だった。実家の母は「顔がきつうなってきているから、きっと男の子やで」と言う。道で出会った近所の奥さんも、「おなかが前に突き出ているから、男の子やね」と自信あり気に話しかけてきた。

「そう？ そうやとええのやけど……」私も今度は男の子であってほしいと願った。

京子が生まれた時、「兵隊にとられなくてすむから、女の子で良かった」と思った日から三年しか経っていないのに、私の中で戦争は遠のいてしまったのか。世の中が落ち着くにつれて、その危惧(ぐ)も薄れてしまったのか。周りの人たちに、「今度は男の子や」と言われてみると、何故だか自分でもそう思いこむようになった。口には出さないけれど、夫も男の子に期待をかけているらしい。

予定日を四日も過ぎた日曜日、夫は京子を「みのお公園」へ遊びに連れ出してくれた。この間に障子の張り替えをしておかないと、と私は大きなおなかを抱えて障子張りに精を出した。その日の夜、「みのお行き」の疲れで夫も京子もぐっすり寝込んだころ、最初の陣痛がきた。起きて身支度を整え、洗濯機を回した。汚れた洗濯物は残しておきたくなかった。途中で襲ってくる陣痛を柱にすがって耐え、室内に洗濯物を干し終えてから、「ちょっと起きて」と夫を揺り起こした。彼はすぐさま飛び起きると、慌ててタクシーを拾いに走ってくれた。私はよく眠っている京子を寝巻きのままそっと抱いて、夫が大通りまで出て拾ってきたタクシーに親子三人で乗りこんだ。

そのころ深夜の一時も過ぎた街は、ひっそりと深い眠りの底にあった。

天王寺にある府大病院に着いた時はもう立っていられなくて、受付の窓口の下でしゃがみこんでしまった。出てきた看護婦さんにせかされて大急ぎで着替えて、分娩台に上がってから赤ちゃんが産まれるまで、十分とはかからなかった。京子の時と違って、あっという間の出産だった。

産まれた赤ん坊は室内に響けとばかり大きな産声をあげ、その元気な泣き声を聞きながら、自然に涙がこぼれ落ちた。その時助産婦さんに、「女のお子さんです」と告げられ、一瞬「えっ」とわが耳を疑った。私の赤ちゃんは男の子のはずだった。「ほんとに女の子ですか」と、私はバカな質問をしていた。「そうです、お嬢ちゃんですよ」助産婦さんは大らかに答えてくれた。

産湯のあと白い産着にくるまれた赤ん坊を、看護婦さんが私の横にそっと寝かせてくれた。真っ黒なやわらかい髪、赤い顔、やっと落ち着いたのか安心しきったように眠っている。その小さな寝顔を見つめていると、「男の子」という思いこみが我ながらおかしくなった。そして何よりも「元気な赤ちゃん」であることに、ほっとしていた。昭和三十二年十月の午前、三千二百二十グラムの次女由紀子が誕生した。名前は京子の時と同じ先生がまた五つばかり書いて下さった中から選んで、「由紀子」と付けた。

やがて幼稚園に通うようになったころ、「由紀子ちゃんはね、本当は男の子やったんよ。そやけど生まれてくる時に、おかあちゃんのおなかに大事なものを忘れてきたんよね」などとよく冗談を言ったりした。わけがわからずきょとんとしている彼女の上に、いつか私は男の子の幻影を見ていたのかもしれない。

三歳になったころから京子は以前のように病気をしなくなった。二人の娘は、姓名判断による名前のおかげだろうか。大きな病気をすることもなく、つつがなく成長していった。

3　連帯保証人

昭和三十年代前半、子供たちがまだまだ幼かったころ、ある日突然、舅が我が家を訪れた。「次男の和夫が宝石商に就職が決まったが連帯保証人が二人いる。わしともう一人、長男のお前が保証人になってやってくれ」という用件だった。覚せい剤を使用し、小遣い銭欲しさに家庭内暴力をくり返し、仕事に就いても長続きしたことのない和夫が、今度は大金を扱う宝石のセールスをするという。

「今度はやる気になっている。こんなもの（連帯保証人のこと）は親戚へ行けば誰でもすぐに引き受けてくれるけど、なるべく内内ですませたいから」そう言って舅は、「お前はまだ拵えていないやろうから」と、手回しよく夫の実印まで新調してきて書類と一緒に取り出した。舅と夫の親子の話に口をさし挟むことは憚られて、私はそのやりとりをただ側で見ているより仕方がなかった。

「わしの目の黒いうちは絶対にお前らに迷惑はかけへんから」と言い残して、舅は夫の印を捺した書類を持って帰っていった。その後ろ姿を見送りながら、どうかして和夫を立ち直らせたいと願う舅の気持ちは痛い程分かるけれど、私の心はもしやという不安でいっぱいになった。

その和夫が社内で見つけた彼女と結婚するというので、舅はまたまた大奮発して、手持ちの地所に新世帯の為の家を新築したのである。

そのころの我が家は、六畳と四畳半の二間の市営住宅に、親子四人で暮らしていた。家具を置くと残る畳の面は少ししかない。ある日、壁に立てかけてあった食卓が、子供らが遊んでいるうちに倒れ、運悪く横になって休んでいた夫の頭に当たってそれ以来、彼は常時頭痛を訴えるようになっていた。

「もう少し家が広いと、こんなことなかったやろうに」と思っていた時であっただけに、夫が、「神木（夫の実家）へ帰ろう」と言い出した時は私もすぐに賛成した。そして和夫が結婚して新しい家へ移って行った後、私たちの家族は、夫と私がまだ新婚のころ、和夫の暴力沙汰に追われるようにして出た夫の実家に、再び戻っていったのだ。京子の小学校の入学式前日のことだった。

けれど夫は神木の家に落ち着くつもりはなかったらしい。住宅金融公庫から資金を借り、遂に我が家を建てたのである。夫の実家に戻ったその年のことだった。

それから暫くして和夫の勤める会社は倒産して、彼は新しい会社に移籍したらしい。和夫は、結婚してやっと落ちつき、平和な家庭を築いたようだ。舅や和夫からは何の連絡もなかったけれど、この時点で、例の連帯保証人の件はご破算になったと、私は肩の荷が下りた思いがした。

昭和三十八年も押しつまった年の暮れに舅は卒中で倒れ、年が明けた元日に沢山の親族に見守られて六十五歳で他界した。

４　娘たちの字のけいこ

どうやら親ゆずりとみえて、京子もまた左利きだった。幼いころの私は左手で左文字を書いたが、彼女は字を覚えかけた幼稚園のころから、左手で器用に右文字を書いては私を驚かせた。しかし「器用な」とばかりいっておられず、気が付くたびに右手に持ちかえさせていた。

市営住宅から神木の夫の実家に引っ越したのは、京子が小学校に入学する直前の、昭和三十六年三月末のことだった。

神木の家のお向かいが習字の塾をしておられたので、右手で筆を持つ練習ができたらと、先生に訳を話して京子を入れていただいた。それからひと月ばかり経ったある日、八百屋の店先で塾の先生の奥さんと出会った。その時、奥さんが「いつもお宅のお嬢ちゃんに、『筆は右手で持ちましょう』と教えるのですが、『私は左手で書きたいの』と言って、こちらの言うことは聞いてくれなくて困っています」と、こぼされた。恐縮した私は、次のけいこの日にそっと教室をのぞいてみた。京子は私の顔を見ると、すぐに左手に持っていた筆を右に持ちかえたのである。まるで幼いころの自分を目のあたりにした思いだった。父のこわい目で睨まれて、左手に持った箸をそっと右に持ちかえ、ぎこちない手つきでご飯を食べたあのころ、父に厳しく躾られて、大概のことは右手でできるようになった私だった。京子も将来、人前で恥ずかしい思いをしないよう、今のうちに直してやらねば……。そう心に決めた。

　そのころ、三歳になっていた由紀子の箸の持ち方もおかしかった。この子は左利きではなかったけれど、二本の箸の太い方（先でない方）を右手で握りこみ、人さし指と親指を伸ばして広げ、箸を一本ずつそれぞれの指に沿わせ、指を開いたり閉じたりして箸の先で上手に煮豆などを挟んで、食事をした。「どうしてこんな持ち方をするようになったのかしら」これもまた私の悩みの種だった。普通の持ち方を教えても、すぐにまた自分のやりやすいように箸を使っている。

舅などは面白がって、食事の時、由紀子の箸の持ち方を真似て食べ物を挟もうとするが、うまくいかず、「おまえはえらいな、おれなんか真似しようと思うても、うまいことでけへん」と言って高笑いした。彼女が鉛筆で何かを書く時も同じで、丁度チョークで板書するような手つきで鉛筆を持った。

神木の家に移ってからは、今までのように自分の家族の世話だけというわけにはいかず、舅と義弟二人の食事の世話や、舅が退職してから始めた「ガラスと人形の店」の手伝いもしなければならず、毎日が忙しかった。それに引っ越しの荷物もまだ縁側の端に積み上げたままで、完全に片付いてはいなかった。初めてわが子が一年生になったというのに、私は京子に学校の様子を聞いたり、勉強を見てやったりする間がなかった。気にかかりながら、二人の子の鉛筆や箸の持ち方も、そのままになってしまった。

神木の家に腰を落ち着ける間もなく、夫は「家を建てたい」と言い出した。自分の家を継いでくれるものと思っていた舅は、夫の申し出に難渋の色を示した。しかし、夫が私の退職金や厚生年金の解約金などを頭金にして、住宅金融公庫から資金を借り入れる手続きをし、知人の伝手で工務店を頼む段取りまでつけてくると、舅は渋々承諾せざるを得なくなった。

その年の秋、第二室戸台風が大阪を直撃したが、新築中のわが家はまだ棟上げが終わったばかりで、幸い建物に被害は無かった。が、台風が残した大きな爪痕のせいで建築資材が払底してしまい、工務店は、「屋根にのせる瓦が無いので工事が進まない」と困惑しきっていた。夫は知り合いを頼って走り回り、やっと瓦を手に入れることができて、「おれは工務店もやれそうや」と冗談を言ったりした。

明くる昭和三十七年一月の末、ほぼ完成した新しい家に、私たち四人の家族は移った。神木の家から歩いて三十分くらいの所だった。

市営住宅を出てから一年足らずの間に、京子の入学、夫の家族との同居生活、わが家の新築、第二室戸台風の襲来、そしてまたもや引っ越しと、身の周りが目まぐるしく変化していった。思えば昭和三十六年という年は、私にとって大変な年だったのである。けれどそのころ、さして大変と感じなかったのは、まだまだ若かったせいかもしれない。

再び四人家族の暮らしに戻って、やっと落ち着いて子供たちの面倒をみることができるようになった。この年の春、由紀子は近くの千代幼稚園の年少組に入園した。

新しい家での生活にも慣れてきたころ、どういうきっかけだったか忘れたが、私の小学校の頃の受け持ちだった吉井先生のご主人が、同じ住吉区内のお宅で習字の塾をしておられることを知った。懐しさもあって早速お訪ねして、子供たちの鉛筆の持ち方を直すために相談にのっていただいた。

それから毎週日曜日の朝、子供たちは我孫子にある先生のお宅まで字のけいこに通うことになった。同じ区内といっても、わが家からはかなりの距離があって、バスに乗っている間だけでも二十分は十分にかかった。そのバスの台数が日曜は特に少なく、一台乗り損ねると三十分は待たねばならない。そこで、「おとうさん、車を出してやってよ」と、日曜の朝寝を楽しんでいる夫を揺り起こすことになった。運転免許を取って、単車から車に乗り換えたばかりの彼は、車を走らせるのが面白くて仕方ないらしく、いつもの重い腰に似ず「よし！」と、気軽に引き受けてくれた。

以前の塾の時のように、先生にご迷惑をかけてはいけないと、私も一緒について行った。何のことはない、そのころの日曜の朝は家族揃って習字の塾通いをしたのである。夫は時間になったら迎えに来るからと一旦は帰り、私は昔の恩師と四方山の話に、楽しいひと時を持つことができた。

先生のお宅では、建具を取り外し広くぶち抜いた部屋で、大人から中学生、小学生とさまざまな年齢の人が十数人、静かにけいこに励んでいた。私の二人の娘たちの習字は硬筆のけいこから。先生のご指導のおかげで、京子もだんだんと右手で鉛筆を持つことに慣れていった。由紀子はまだ字が書けるような段階ではなかったけれど、先生は上手に鉛筆の持ち方を指導して下さって、間もなく正しい持ち方で自分の名前が書けるようになった。それにつれて娘たちは、箸も正しく右手で使えるようになっていったのだった。

そのころ、先生のお宅の周辺は、まだ田んぼや畑の長閑（のどか）な田園風景が広がっていた。夫の都合の悪い時は、バスで母と子三人で我孫子へ通った。けいこが済んでバス停まで歩く道すがら、畑で育っている野菜を見て、「あれは何？」と京子が聞いた。「あれはキャベツ」と私が言えば、「これは？」と由紀子。「サンドマメよ」私は乏しい知識の中から娘たちに答える。明るく晴れ渡った日などは、まるでピクニックのような楽しいひと時だった。随分慣れてくると、彼女たちだけでバスで我孫子へ行くようになった。

あれはいつの頃（ころ）だったろうか。ある日字のおけいこに行った二人は午後の一時を過ぎても帰ってこない。「今日はおけいこが長引いているのかな。それともバスの都合が悪かったのかしら」などと、いろいろ思い巡らしながら待った。しかしいつまで待っても彼女たちは帰ってこない。ついにバス停まで行ってみた。やっと来たバスにも二人は乗っていなかった。「どうしたんだろう……」不安になって家に引き返すと、すぐに先生のお宅へ電話をかけた。「おけいこは早くに終わってもうとっくに帰りましたよ」という返事を聞いた途端、私は足元から奈落の底へ吸いこまれるような言いようのない恐怖に襲われた。その日、夫は不在だった。「私たちも、車でこの辺りを探してみます」と先生は言って下さった。

私はじっとしていられなくて、家を出るとバスが通る道を我孫子の方へ向かって歩いた。どうという考えも、何のあてもなかった。ただじっとしていられなくて、娘たちが行った方角に向かって歩いた。「どこにいるの。どうぞ無事でいて……」心の中でそればかりを念じていた。

どれくらい歩いただろう、ふと見るとはるか前方に、二人が手をつないで歩いてくるのが見えるではないか。その時の狂喜に満ちた私の思いは、とても言葉に表せるものではなかった。胸の中で娘たちの名を大声で叫びながら走った。走った。

「心配したよ——」と二人を抱き止めた時、私はあふれ出す涙に何も見えなくなった。右と左にわが子の手をしっかりと握りしめ、体中の力が抜けたような、けれど喜びと安堵感に包まれてゆっくりと来た道を戻った。二人の子らはだいぶ疲れている様子だった。歩きながら、「どうしたん?」とまず聞いた。「先生の家から歩いてん」という由紀子の言葉にびっくりした。「なんで? バスのお金失のうたん?」と言えば、京子が「ううん、『摘み草しながら帰ろうか。そうしたらバス代節約できるし』と二人で相談して、バスの通る道を歩いて帰ってん」と言う。そういえば、二人のおけいこ袋から雑草が顔をのぞかせていた。しかし、「バス代の節約」という言葉に、私はどん!と胸を突かれた思いがした。まだ幼い子供が、僅かなバス代を節約しようと思ったという。やりきれなかった。

家計のやりくりが、こんな子供の心にまで影響を与えていたのかと思うと、空恐ろしかった。家を建てるために貯金を使い果たし、向こう十八年間毎月住宅金融金庫へ、借入金の返済をしなければならない。それに中古車とはいえ、夫が買った車の月賦も払わねばならなかった。そうはいっても、子供が心配するほどのことは無いのに、日々の暮らしの中で、私は「節約、節約」と言っていたのだろうか。無意識のうちの自分の言動が、子供の心に陰を落としていたとすれば……。私は責任を感じた。「バス代なんか節約せんでもええ。これからは歩いて帰ったりしたらあかんで。おかあちゃんも先生も心配するから」と言えば、娘たちはそれぞれ「うん」とうなずいた。

家に帰り着くとすぐ先生に娘たちの無事を報告したが、「良かった、良かった」と喜んで下さった先生ご夫婦には「バス代の節約」という言葉は、とても言えなかった。

5　入学金納入の最終日

その日は、京子が受験した私大の合格発表の日だった。そして先に合格通知をもらっていた大学の、入学金納入の最終日でもあった。

「入学金、納めに行って」

京子から電話が入って、私は急いで家を出た。締め切り時刻までに時間はたっぷりある。このお金を納めればひと安心。あの子もいよいよ大学生。私の足取りは軽かった。

地下鉄を梅田で降りて、そこから私鉄に乗る。改札口を入って階段を上りホームへ出た所でけたたましくベルが鳴って、発車待ちをしていた電車のドアが閉まりそうになった。「急行発車」のアナウンスに私は慌ててその電車に乗りこんだ。一つ見つけた空席に座り、ほっとして軽く目をつむる。

急行は幾つかの駅に止まった、が私の乗り換える駅はまだ来ない。「おかしいな」と思った途端、どきんと胸が高鳴った。乗る電車を間違えた——。「どうしよう」あまりよく知らない私鉄なので様子がわからない。すぐに降りて引き返そうにも、急行は幾つもの駅を通過して走る。やっと止まった駅で急いで降り、ホームにいた駅員に目的の駅まで行くのに最も早く着く方法を尋ねた。

「今ここから引き返すより、このまま終点まで行って、そこから出ている支線に乗り換える方がいいでしょう」

と教えてくれた。発車しそうになる電車に再び飛び込んだ。ところがである。急行はさっきの駅までで、そこから先は各駅停車になってしまった。さっきの駅で大方の人が降りてしまった車内は、がらんとして空席が目立ち、焦る私の気持ちとは裏腹に、電車ものんびりと走っているように思われた。

腕時計を見る。間に合うかしら。電車は一つ一つの駅に丁寧に止まっていく。やっと終点の駅に着いた頃は、たっぷりあった時間が残り少なくなっていた。支線のホームにはまだ電車が到着していない。私は、

「ここからタクシーで行く方が早く着くでしょうか」

と改札口の駅員に聞いた。

「専用軌道を走るから電車の方が早いです」

と言う駅員の言葉を信じ、電車を待った。

しばらくして入ってきた電車はなかなか発車せず、支線のせいかホームにも乗りこんだ車内にも、のんびりとした空気が漂っていた。

漸く動き出した電車は後ろから前まで見通せる程空(す)いていた。座席に座っていても私は落着かない。間に合うかしら。大学の受付の窓口が、がたんと閉まってしまう情景が、続いて受験勉強に疲れた娘の顔が目に浮かぶ。じっとしていられなくて、立って出口の所の握り棒を持って外を見る。景色が、やけにゆっくり流れていくように思われる。ある駅に着いた。素早く次の駅名を見る。まだ私の降りる駅ではない。焦って立っていても仕方ないので座席に座る。けれど、また立ち上がって出口の所へ行く。そんな事を繰り返す私に、数少ない乗客は見ぬふりをしながら、私の様子に注目しているのがよくわかる。

やっとのことで目的の駅に着いた。時計を見る。締め切り時刻ぎりぎり。走った。ホームを改札口まで走り駅の外へ出る。学校までは歩いて行ける距離にある。けれど歩いていては間に合わない。道路向こうのタクシー乗り場を見る。三、四人の列が出来ている。とても駄目だ。

その時、駅の方へ向けてタクシーが一台やって来た。客を降ろした運転手に私は、乗る電車を間違えて大回りをしてしまったこと、そして歩いていては締め切りに間に合わないことを話し、乗せてもらえるように頼んだ。

「ここは乗り場じゃないのでねぇ」

と言いながらも運転手はともかく乗るように言ってくれた。私は余程つきつめた様子をしていたに違いない。待っている人たちに了解を得てから、と、車を乗り場の方へ回し先から待っている人たちに訳を話して、

「先にこの人を送ってすぐ戻ってきます」

と言ってくれた。私は快く承知して下さった人々や運転手さんに、何度も何度も頭を下げた。感謝の気持ちで一杯だった。

「急いで」

と言ってくれた運転手さんに、お礼の言葉もそこそこに受付へ走った。時刻は過ぎていたが最後の人がまだ手続きをしていた。

間に合った――。

私はその人の後ろへ並んだ。そして無事、入学金を納めることができたのであった。

帰途、三々五々駅へ向かう学生たちに混じって私はゆっくりと坂を上った。大切な時の

自分の迂闊さを思い、人々の親切が身にしみた。

6　夫の怪我

その年（昭和五十三年）の春、高校教師になったばかりの京子が、あわただしく出勤して行き、続いて大学二年生の由紀子も、京都のキャンパスへ出かけて行った。一番あとになった夫を送り出してから私も朝食をすませ、台所の後片付けをして、ホッと一息ついて朝刊に目を通していた。その時だった。ジーン、ジーンと電話が鳴った。「こんなに早く誰かしら」そう思いながら受話器を取った。

「もしもし、警察ですが神木さんのお宅ですか」と男性の声。「警察が何の用？」不審に思いながら、「そうですが」と答えた。「ご主人を救急車で越野病院へ運びました。交通事故です。すぐ病院へ行って下さい」「えっ！」ドキン！と心臓が高鳴った。「どんな様子ですか」せきこんで尋ねたが、「わかりません。病院で聞いて下さい」という返事。「ともかく行かなくては……」気持ちがあせった。「わかりました」と漸くそれだけを言って受話器をおいた。「ついさっき、元気に出ていったとこやのに、どうしよう……」気が動転し、頭の中が混乱した。「落ち着いて、落ち着いて」私はうわ言のようにくり返した。

その時ふと、ここ数日の間新聞の社会面をにぎわせている、「交通事故を装った空き巣狙い」の記事を思い出した。まさか、とは思ったけれどともかく病院へ様子を聞いてみようと、電話帳で番号を調べた。気持ちがあせっているとなかなか見つからず、やっと探し出した番号でダイヤルを回した。「それでしたら昭和町の病院にかけ直して下さい」と、電話口に出た看護婦さんがそちらの電話番号を教えてくれた。外来患者ばかりを診察する阿倍野の方の病院にかかったらしい。昭和町へかけ直すと、「来ておられます。すぐおいで下さい」と言って、忙しいのか、若い看護婦さんらしい人の声は一方的に切れてしまった。「やっぱり詐欺ではなかった」と思うと同時に、夫の様子が全く分からない不安に、悪い思いばかりがつのって、あたふたと家中の戸締まりをすると、タクシーで病院へかけつけた。

「こちらへどうぞ」と看護婦さんに案内されて、診察室におられた院長先生に面会した。「足の骨折です。命に別条はありません。自転車から投げ出された時、左足首から少し上の骨を二本とも完全に折ったようです」院長先生はそう言うと、レントゲン写真を見せてくれた。折れた骨の先が皮膚を突き破って外へはみ出ているのがよく分かる。迂闊にも私はその時まで、足の骨は二本であるということを知らなかった。写真には二本の骨が無残に折れてしまっているのが、はっきりと写し出されていた。命に別条はなく重大な後遺症の残る事故ではないことを知って、ひとまず安堵の胸をなでおろした。「手術はあさってになります」と言う院長先生に「どうぞよろしくお願いします」と、深く頭を下げて診察室を出た私は、教えられた夫の病室へ向かった。

コン、コンと扉をノックすると、「はい」と聞き慣れた夫の声がした。開けて入った病室は、明るく広い二人部屋だった。大きな窓に近い方のベッドの上で、夫はついさっき出勤していった背広姿のままで、左足を投げ出して呆然と座っていた。汚れてしまった上衣に身を包まれて、意気消沈しているように見えた。入り口に近いもう一つのベッドは空で、静かな広い病室には夫が一人でいるだけだった。「どうしたん……」と私はベッドに近寄って言った。

「自転車でこけて、足の骨折ってしもうた」夫は無念さをにじませて言った。左足のズボンは鋏(はさみ)で切り裂かれ、包帯の白が痛々しかった。

四年前教頭になり、昨年比較的わが家に近い学校へ転勤になってからは、車はガレージに置いたまま自転車で通勤するようになった。新しく買った細めのタイヤの自転車は、調子がよく軽快に走った。その日の朝、家を出るのが少し遅れた夫は、気持ちにあせりがあったのか、車道の左端を走っていて左折しようとした時、駐車をさせない為に道路に打ちつけてあった金具にタイヤをとられて、自転車ごと横転してしまったのであった。起き上がろうとしても、激痛が走って体位を変えることすらできず、そのままじっとしているより外はなかった。

通勤時間帯のこととて、地下鉄の駅から上がってきたサラリーマンやＯＬで、歩道は人の波。多くの人は、夫が動けないでいるのを見ても出勤を急ぐためか、見て見ぬふりで通り過ぎる。どうすることもできないでいる時に、近くの電機会社へ出勤する二人のＯＬが、「どうしましたか」と声をかけてくれたそうだ。「私は動けませんので、すみませんがこの自転車を、ここを少し入った所にある北山小学校の松山教頭先生に届けていただけませんか。名前が書いてあるので、すぐに分かってくれるはずですから」と頼んだ。彼女たちは先を急ぐ身にもかかわらず、快く引き受けてくれたのだった。間もなくかけつけて下さった松山先生が救急車を手配して下さり、夫は病院へ運ばれたのだった。「あの二人の若い女性に、どうお礼を言っていいか分からない。感謝している」夫は語った。

手術した日の夜は、あいている隣のベッドに泊まりこみ、翌日からは毎日夫の看病に、家から歩いて三十分くらいの所にある病院へ通った。夫はあまり我がままを言わない病人だった。沢山の見舞い客のおかげで、夫の怪我の痛みは少しまぎれていたのだろうか。

間もなく家の庭で、長いこと夫が丹精した三十鉢余りの菊が見事に咲き揃った。病院から帰ると私は脇芽をつんだり、虫を取ったり、水をやったり、夫に代わって手入れをした。そして彼が毎年そうしているように、花に雨水がかからないよう、重い鉢を一つずつテラスに運んでは、菊の背丈や配色を考えて菊の花壇をこしらえた。逐一報告する私の話に夫は、「外出許可が出たら見に帰ろう」と、楽しみにしている様子だった。

病院では幾つかの個室の他に、いつもドアを開け放ってある大部屋があって、十人余りのおとしよりが入院していた。その病室からは、いつも患者や付き添い（家政婦）さんの賑やかな話し声が聞こえていた。家政婦さんは総じて年輩の人が多かったが、その中に七十歳を越しているという小柄な人がいて、少し背を丸めて歩く姿が何かあぶなっかしく、「この人に付き添いが要るのじゃないかしら」と思ったりした。

六十歳前後と思われる体の丈夫そうな家政婦さんと、廊下の長いすで居合わせたことがある。「私はねェ、家はあるけれど季節の変わり目に着替えなんかを取りに帰るくらいで、何十年もずっと病院に泊まりこんで病人さんの世話をしてますねん。自分の着るものもこうして合い間をみて縫いますねん」と話す間も手を休めず、ふろしき包みの中から必要な部分の布だけを取り出して、せっせと着物を縫っているのだった。この人はまた湯沸かし場で、十円玉を入れると何分間かガスの出るコンロで、たった一つの小鍋を使い器用におかずをこしらえた。この鍋でいい匂(にお)いをさせて天ぷらを揚げていることもあった。いつも少し余分に作って、仲間の家政婦さんたちとおかずの交換をするのだという。たくましい生活力に感じ入った。

外出許可が出て、私が付き添ってタクシーで家に帰った夫は、杖で足を支えながら満足気に菊の花壇に見入っていた。二カ月半ほど入院生活を送った夫は、退院後は三日に一度、リハビリのために通院をすることになった。リハビリの日はタクシーで彼を病院に送り届けると私は一旦家に帰り、家事をすませてから再び迎えに行くという日常だった。

その日は、「今日はヤケにヘリコプターが飛ぶやないの」そう思いながら洗濯物を干していた。干し終えてから夫を迎えに行くために、歩いて病院へ向かった。西田辺交差点の辺りまで来ると、ヘルメットをかぶった数人の警官が物々しく、通行中の車の検問や交通整理をしているのに出会った。「何かしら」と思いながら通り過ぎて病院に着くと、「播磨町の銀行で、強盗がお客や行員を人質にとって立てこもっている」という物騒なニュースが耳に飛びこんできた。播磨町は西田辺から七、八百メートル西にあり、わが家からもそう遠くはない。「それでヤケにヘリコプターが飛び、西田辺では物々しく警戒をしていたのか」と納得した。

リハビリを終えた夫と共に病院の前からタクシーに乗ったものの、西田辺まで来て困ったことになった。播磨町の三菱銀行（当時）北畠支店を中心にして交通規制がしかれ、わが家はその範囲内にあって車は入れないという。夫はまだ歩けない。弱った。どうしよう……。道路の各所で警察が車を徐行させ、大きく回り道をするように指示している。私は運転手さんに訳を話して、出来るだけ家の近くまでいってくれるように頼みこんだ。「見つかったらえらいこっちゃ」そう言いながらも運転手さんは、人目の少ない細い道を選んで、わが家に近い団地の裏まで車をつけ、「ここから先は行けまへん」と言った。何度もお礼を言って車を降りた私たちは、そこから大変だった。病院で杖を借りてこなかったことを悔やんでも、もう遅い。夫は片足で、頼りない私の肩につかまったり、よその家の塀を伝ったり、電柱で体を支えたりしながら、少し行っては休みながら歩を進めたが、捗（はかど）らない道程（みちのり）に苛（いら）立ち、人目を気にしてはなお機嫌が悪くなった。そして普通なら五分くらいのところを小一時間もかかって、やっとわが家にたどり着いたのであった。大変な目に遭った日となった。

播磨町の銀行では、監禁された人質の中から犯人に殺されたり、傷つけられたりした人が出た。残忍な凶悪犯人は、最後には機動隊の手で射殺されるという恐ろしい事件だった。銀行の中で想像を絶する恐怖にさらされていた方のことを考えると、これくらいのことで「大変な目」というのも申し訳ないことだと思う。いつも使っている銀行。私があの場に居合わせることも十分考えられたと思うと、背すじが寒くなる。犯罪史上に残る残虐な事件であった。

あれから十五年になる。夫の足は元通りに治った。入院中喫煙を禁じられていたのが、そのままタバコを止めるきっかけとなったのも、思わぬ怪我（けが）の功名であった。

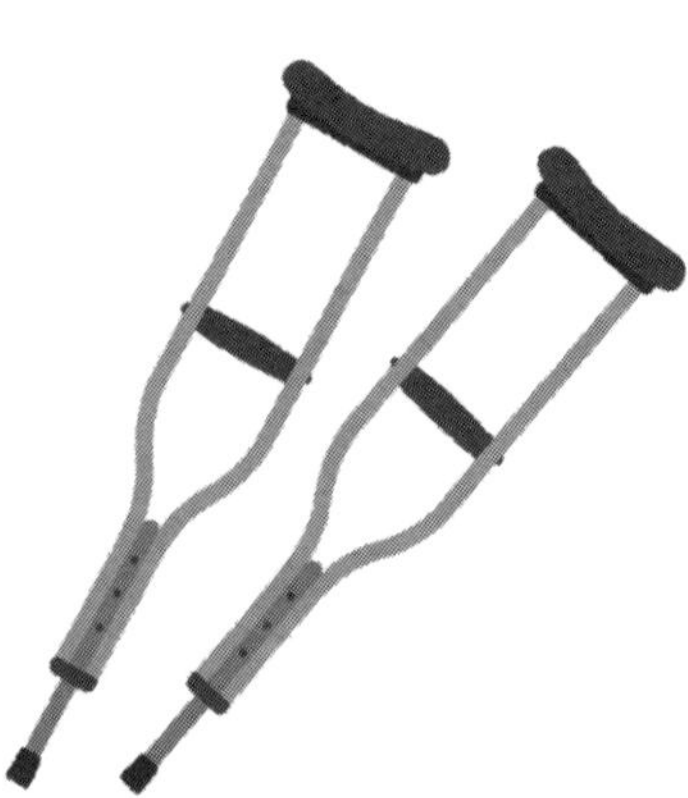

【子育てを終えて】

第４章　第二の青春と旅への想い

１　落としもの

カンカン照りの真夏の昼下がり、うんざりする程の暑さの中を、私は急ぎの用があって外出をした。日除けの傘をさしながら、『荷物になるのに帽子にすればよかった』。家を出てから間もなく気付いたが、取り替えに戻るのも面倒で、そのままバス停に向かった。

街路樹のプラタナスが、オアシスのような木陰をつくっているバス停に来て、思いがけなく古いベンチが、群青色も鮮やかな新品に変わっているのに目を奪われた。

すっかり色が褪せ、所々にひび割れができて、汚れがこびりついていた古いベンチに、私は滅多に腰をかけたことはなかったのに、真新しくきれいなベンチに惹かれて腰をおろし、ホッと一息ついた。これがそもそもの始まりになるとは、そのときは思ってもみなかった。

目の前の幹線道路には切れ目なく車が流れているのに、日中の最も暑い時間帯のせいかバス停の辺りに人影はない。

ブティックのおしゃれなナイロン袋を膝に、その上に、私が特に気に入って大切にしている持ち手の付いていないハンドバッグを置き、冷房対策の上着を重ねてバスを待った。

ナイロン袋の中には、昨日、ターミナルビルにある婦人服店で買った、盛夏向きの白い麻のブラウスが入っている。

たまたま通りがかりに素敵なデザインのブラウスを見つけたので、店の鏡の前で胸に当ててみた。衿開きが少し大きいかな、と思ったので、

「試着してもいいですか」

側に来て営業用の笑顔をふりまいている若い女性店員に訊くと、

「白のかぶりものですので……」

と言葉を濁して、

「夏ですもの。このくらい開いていても大丈夫です。よくお似合いですよ」

その言葉につられたわけでもないけれど、少々衿開きを気にしながらもそのブラウスを買ったのだった。

昨夜、風呂上がりの汗が引いてから例のブラウスを着てみると、やはり首の回りから胸にかけて大きく開きすぎる。若い頃ならともかく六十半ばもとうにすぎ、肉が落ち張りを失くした肌が露わに見えるのは、やはり気恥ずかしい。『あした別のにとり替えてもらおう』そう思って、お店のおしゃれなナイロン袋にしまった。そして今日の外出となった。

不意にかん高い笑い声がして、全体にくずれた雰囲気を漂わせた、十五、六歳ぐらいの男女の二組が、二台の自転車に相乗りをしてやって来た。片手でハンドルを握った二人の男子は、もう片方の手でソフトクリームを舐めながら、股をだらしなく広げ、右に左に自転車を蛇行させている。後ろの荷台に跨った女の子もソフトクリームを舐め舐め、みんなして大声でふざけあい、ベンチの側を騒々しく通って行った。

その方に気をとられていて、バスが近づいているのを知らせるランプが点滅しているのに気付かず、いきなり視界に現れたバスに驚いて立ち上がった。この時、この停留所から乗ったのは私一人だけだった。

冷房の効いた車内は空(す)いていて、座席にすわるとすーっと汗が引いていくのが分かった。ナイロン袋を横に置き、持っていた上衣を着てやれやれこれでよし、と思った途端、ドキン、と胸が高鳴った。ハンドバッグが無い！　日傘はしっかりと座席の横に立てかけてあるのに、一番大切なバッグが無い。私は慌てた。その脳裏には、ついさっきバスに乗ったときの情景が鮮明に蘇(よみがえ)った。ベンチから立ち上がったとき、バッグが滑り落ちたのに気がつかなかったのだ。ナイロン袋と日傘を掴(つか)むと私は運転席にかけ寄り、

「今のバス停から乗ったんですけど、ベンチにバッグを忘れてきたらしいんです。ここで降ろしてもらえませんか」

バスは次の停留所の手前の大きな交差点にさしかかっていたが、変わったばかりの赤信号で停車している。ここの信号は長い。それに次のバス停は交差点を通り越してまだ二十メートル程先だ。サングラスをかけた三、四十代の運転手は、私の言葉が聞こえていないはずはないのに黙ったままだ。

「お願いします。ここで降ろして下さい。お願いします」

今しも誰かがバッグを持ち去るのが見えるようで、私は必死になって運転手に懇願(こんがん)した。

「あのなあ、あんたはそれでええやろうけど、バス停でもない所で乗客を降ろしてケガでもされてみィ、わしはクビや。家にはヨメはんも子供もおる。ここで降ろすわけにはいかんのや」

　前方を見つめたままでサングラスは冷たく言い放った。

　諦めるより仕方がなかった。ジリジリする思いで信号が青に変わるのを待ち、次の停留所で転がるように降りた私は、もつれる足を必死に走らせた。

　バス待ちをしていたベンチが見える所まで戻って、やっぱり……。相変わらずベンチの周辺には人影はなく、肝心のバッグも見当たらない。あれから十五分くらいの時は経っているだろう。誰かが持ち去っていたとしても仕方のないことだ。ましてやひったくりが横行する世の中でもある。僥倖を祈って懸命に走ったが徒労に終わった。

　そのとき、私の頭の中に一つの考えが閃いた。さっきのバスの、私が座った一つ前の座席の下の、奥の方へバッグが滑り落ちたのじゃないのかしら、慌てていたのでそこまで確認していなかった。そう思った途端、私は走って来たタクシーを止めていた。

「さっき降りたバスの中に、ハンドバッグを落としているかもしれないんです。追ってもらえませんか」

「それはえらいことですな。なあにすぐ追いつきますよ」

五十がらみの温厚そうな運転手は、そう言うとすぐに車を発進させた。問われるままに私は今までの経緯（いきさつ）をかいつまんで話すと、

「見つかるといいですな」

運転手は親身になって心配してくれた。

間もなくバスが見えるところまで追いついたが、赤信号で間を開けられたり、バスとの間に何台もの車がつながったりして、うまくバスに乗り継ぐことができず、とうとう終点まで来てしまった。ここは目的の婦人服店のビルのあるターミナルだ。しかし今はそれどころではなかった。

「ここで待っていますから、探してきてください」

運転手は、バスが停車した近くの歩道の脇（わき）へタクシーを止めた。

終点に着いた例のバスからは、途中で大分乗客が増えたらしく次々と人が吐き出されてくる。こんなに沢山の人が乗っていては、もしバッグがあったとしても人目につかぬはずはない。とうに誰かが持っていってしまっただろう。そんなことを思いながらも、最後の人が降りて空（から）になったバスに私は乗りこんだ。サングラスの運転手は一瞬驚いた様子を見

せたが、

「もしかして、このバスの中に落としているかもしれないので、もう一度見せて下さい」

という私に、彼は黙ったままだが拒絶はしなかった。一通り念入りに見て回ったが、一縷の望みは絶たれてしまった。

がっかりしてタクシーに戻ると、

「どうでした」

と訊ねる運転手に、私は首を横に振ってみせた。そしてそのときになって、文無しになっている自分に気がついたのだった。仕方がないので、このまま家まで帰ってもらうことにした。シートに腰を落とし、ナイロン袋と、何年も前に買った古い日傘を後生大事に握りしめている自分が情けなく、だんだんと気分が塞いでいった。

「奥さん、警察には届けときなはれや」

道中何度かそうくり返す運転手に、「ええ」と応えてはいるものの、私には届ける気持ちなんか毛頭ありはしなかった。過去に交番に届けて苦い思いをした経験があるからだ。

届けてもどうせ無駄なことだと全くその気はなかったのに、

「やっぱり行っといた方がいい」

という夫の言葉に、私は渋々従うことにした。

新しく建て替え中の警察の仮宿舎は、移転後の大学の古い学舎で、自宅から自転車で行けば五分の距離にある。

受付で来意を告げると、遺失物係へ行って下さいという。廊下の突き当たりを左へ曲がった係の窓口で、さし出された用紙に必要事項を記入し、持参したハンコを押して提出した。

窓口の向こうのデスクで、私の書いた書類に目を通していた係官は窓口に来ると、

「ハンドバッグは届いていますよ」と言ったのである。

「えっ」一瞬、私は自分の耳を疑った。

「ほんとですか」信じられない思いだった。

「届けてきた人の書類の記入内容と、あなたのそれがぴったり一致しています。ちょっと待って下さい」

そう言うと、係官は保管してあるらしい部屋から私のバッグを持って出て来た。それはまぎれもなく、数時間前まで私の手許にあったものだ。諦めていただけに、よくぞ無事でいてくれたと、嬉しさと共にいとしさがこみ上げ、不覚にも泪(なみだ)がにじんできた。

係官立ち会いの上でバッグの中味を確認したあと、

「届けてきた人に電話をしておいて下さい」

と、住所と名前と電話番号を書いたメモを添えて、係官はバッグを手渡してくれた。

こんなことってあるのだろうか。いまだに信じられない気持ちだった。わざわざここまで足を運んで届けて下さった人の、善意の有り難さをしっかりとかみしめながら、私は警察を後にした。来るときは目に入らなかった古い学舎の木立ちの緑が、今は爽（さわ）やかに目にしみた。

「バス停のベンチの下に落ちていましてね。失礼ながら中を見させていただきました。持ち主の分かるものが入っていなかったので、警察に届けましたの」

お宅にお伺いする前にと、とりあえずかけたお礼の電話の向こうで、落ち着いた感じの中年の女性の声がした。

私が走って戻ったのと一足違いで警察に届けられたのだった。

私は自分のうかつさを恥じながら、受話器を耳に当てたまま、見えない人に向かって何度も何度も頭を下げていた。

2　第二の青春

「肥満気味です。体重を減らして下さい」

お医者さんからそうアドバイスをされた。六十キロに手が届きそうな体重を気にしていた時である。けれど「毎日、早足で四十分もどこを歩けばいいのかしら」と思案にくれた。数日の後、買い物の途中で知人の吉田さんに出会った。「毎朝万代池の周りを歩いて、それからラジオ体操をして帰るの。沢山の人が行ってはるわ」と彼女から聞いて、「私も行ってみよう」と思った。

翌朝六時に、家から歩いて五分ばかりの所にある万代池公園へ行ってみた。公園の真ん中にある周囲七百メートルの池の周りを、沢山の人がせっせと歩いている。私も後について歩いたが、スカートにサンダル履きという服装は、いかにも非活動的すぎた。早速トレーナーと、ジャージと運動靴を買って、次の日から万代池通いが始まった。

娘たちが巣立って間もないころのことだ。

いよいよ私の減量作戦開始となった。まず大好きな「甘いもの」を完全に断った。これはかなりつらいことだった。いただきもののお菓子などは、カビの生えるのを待って捨てたが、戦中派の私には罪悪感がつきまとった。毎日せっせと歩くうちに、歩くだけでは物足りなくなって、少しずつ走り始めた。ちょうど世間は、ジョギングブーム。

万代池公園には「万代池走ろう会」というのがあって、「入りませんか」とお誘いを受け、仲間に入れてもらった。走れるようになるまでには様々なことがあったけれど、自分なりの目標を走り終えた時のあの爽快感は、どう表現すればいいのか。胸に溜まったモヤモヤなどはいつの間にか消え、「なんであんなことにクヨクヨしてたのだろう」などと思ったりして、いいストレスの解消にもなった。そして目標の、体重を十キロ減量するのに一年とはかからなかった。

その後、吉田さんが、「目標を達成したから、もう走るのはやめるの」と聞いたことがあったけれど、私はやめるつもりは無かった。

日曜日に「走ろう会」の人たちと、鉄橋を渡る電車を眺めながら大和川の堤防を走ったり、また国際女子マラソンが行われる、長居公園の周回道路へ走りに行って、走り終わってから公園内の食堂で、みんなでワイワイ言いながらおでんをあてにビールを飲んだ時のうまさは、忘れることができない。マラソンは私の日常になっていた。

その後、この長居公園で、マラソン大会にも出場した。初めて挑戦した十キロコース。

「完走できればいい」それだけを願った。その日は大勢で長居陸上競技場から出発。一周およそ三キロメートルの周回道路を三周して、また競技場へ戻ってくる。一周目は体力を消耗し切らないようにゆっくり、二周目後半からは脚の調子と相談しながら少しピッチを上げ、最後の三周目は体力を出し切って全速で走った。

競技場のゲートをくぐって、国際女子マラソン選手が走るのと同じトラックに入った時は、すぐ前を走る人と二人、スタンドの観衆の視線を浴びて、まるで自分が選手にでもなったような気分だった。どうにかして前を走る人を追い抜こうとしたけれど果たせず、しかし我ながらびっくりする程の好タイムでゴールインした。応援に来た仲間の人たちが一斉に拍手で迎えてくれ、私はホームランを打った野球選手のように、一人一人が差し出してくれた両掌を感激をこめてたたいて回った。

——あれから数年。病気をして、私は走れなくなってしまった。あのころは走ることに思いっきり自分をぶつけた、私の第二の青春だった。

3　自転車に乗れた！

　若い頃から「運動」には無縁だった私が、五十代になってから、多くの仲間と一緒に走る愉(たの)しさを知ったことが妙な自信につながって、何だか自転車に乗る練習が出来そうな気がしてきた。

　その頃「ミニサイクル」が流行していて、それに乗っていた仲間の一人が、「こんな自転車、誰にでも乗れるよ。両足が地に着くし、『危ない！』と思うたら、足を着けばええんやから。少し練習したらすぐ乗れるようになるよ」

　と、すすめてくれていた。

　家で夫にそんな話をしていたある日、修理に出していた自分の自転車を受け取りに行った夫が、

「いい出物があったから」

　と買ってきてくれたのが、二十インチの白いミニサイクルだった。

　翌日から、夕方、人が少なくなった公園で練習を始めた。最初の日は、サドルにお尻を乗せてペダルをぐいと踏むだけで、自転車はぐらりと倒れかかる。そんなことばかりを繰

り返していた。一緒についてきてくれた夫は、

「自転車は走ると倒れんようになっているのや。しっかりペダルを踏んでドンドン走れ」

と声をかけてくれるが、そうそううまくはいかない。二日目も似たようなことをくり返した。三日目になって、夫の言うように思いっきりペダルを強く踏んでみた。すると少しの間だが走った。

「えっ、走れた！」

しかし、まだまだおっかなびっくりだ。少し行くとすぐハンドルがぐらつく。向こうから来たおばさんが、

「前の車輪ばかり見ているからぐらつくのや、もっと前方を見て！」

と、ハッパをかける。

何日かすると、勢いよくペダルを踏めばドンドン走るようになった。スピードを落とすと倒れそうな予感がして、ペダルを勢いよく踏み続けた。前方に人の姿を見つけると、

「どいて！　どいて！　ぶつかるう……」

と心の中で必死に叫ぶ。大概の人は新米の練習だと気がついて道をあけてくれたが、幼い子が現れた時は、

「どうしよう……。どうしよう……」

と、ハラハラし通しだった。とにかくスピードを出して走っていると、なる程自転車は倒れなかった。

「ちゃんと乗れるようになるまでに、一ぺんは怪我するもんよ」

と自分の体験を話してくれる同年輩の女性もいたが、

「冗談やない。この年でこけたら骨折もんよ」

と、私は神経を張りつめてペダルを踏んだ。

車の入ってこない公園の中ばかりで練習していたけれど、外へ出て走るのはまだまだ怖かった。が、ある日、家から僅か百メートルばかりの所にある酒屋さんまで、初めて自転車で往復できた。人も車も通る普通の道を走って用が足せた！　それからは、なるべく車や人通りの少ない道を選んで、練習を重ねた。そしてだんだん、怖がらずに街中を走れるようになっていったのだった。

自転車に乗れるようになって、行動範囲が広がると共に、自分の世界まで広がっていくように思われた。かつての他人を羨ましく思った自転車での買い物も、自分でできるようになったのだ。

街の自転車屋さんにはスマートな新車がずらりと並んでいて、「あんなのをさっそうと乗りこなせたらいいな」と思うこともあるけれど、私にはやっぱり、二十インチの白いミニサイクルが一番よく似合うようだ。

自転車に乗り慣れたころの、ある夏の日のことだった。所用ができて、夫と二人で自転車を連ねて天王寺方面へ出かけた。家を出てから三十分ばかり走って目的地に着き、用事をすませての帰り道。交通量の多い国道の自転車道路を走っていると、さっきまで広がっていた青空がいつの間にかすっかり姿を消し、何だか雲行きが怪しくなってきた。

「夕立が来るかもしれない」

そう思った私はペダルを踏む足を早めた。が、間もなくポツリ、ポツリと大きな雨粒が落ちてきた。

「おとうさん、雨やわ」

「ん、そうやな」

そんなやりとりをしているうちに、ザーッと音を立てて雨が降り出してきた。私たちは慌ててすぐ側の家の、浅い軒下に自転車を寄せて雨宿りをした。

跳ね返る雨のしぶきで足元は濡(ぬ)れ、雨水が溝の低い方目がけて流れをつくり始めた。

その時、これ見よがしにピカッと稲光が走ったかと思うと、「ドドド……」と大気をゆるがすような雷鳴がとどろいた。雨足はますます激しくなり、立て続けに稲妻が光り雷が鳴りひびいた。今にも雷が頭の上に落ちて来そうな気がして、夫がすぐ側にいても私は生きた心地がしなかった。

広い道路の向こう側に商店街の入り口が見える。しかし激しい雨と雷でとても向こうへは渡れない。といって、いつまでもこんな浅い軒下にいるわけにもいかなかった。雨足が少しゆるみ、信号が青に変わった時をねらって、大急ぎで道路を渡った。商店街のアーケードにかけこんだ時はホッと生き返った心地がした。

商店街の入り口付近は傘を持たない買い物客がたむろし、雨のやむのを待っていた。

私たちは、夕食の買い物をしているうちにも雨が上がるだろうと、端から端まで一キロメートルぐらいはあるかと思われる長い商店街の中を、ゆっくりと自転車を押して歩いた。買い物をしながら出口まで来たが、ここでもまだ大勢の人が雨宿りをしていた。

「まだ降っているわ。それにまだ雷も」

私は夫に話しかけた。

「仕様がないな」

彼は憮然とした面持ちでつぶやいた。

一時のことを思えば雨足は大分衰えてはいたが、まだまだ外へ出られる状態ではなかった。私たちも他の人たちに混じって雨の上がるのを待つしかなかった。五分も待ったであろうか、不意に夫は、

「行くぞ」

と言うが早いか、雨の中を自転車で飛び出して行ってしまった。ひとり残された私は、唖然として言葉もなかった。雷嫌いの私をひとりにして行ってしまえる彼の神経を疑った。誰にもぶつけることのできない憤懣が胸に突き上げてきた。

それからしばらくして雨は小降りになり、名残りの雷鳴が聞こえる中を私は懸命にペダルを踏んで、やっと家に帰り着いた。

「後ろから付いて来ると思うてた……」

出迎えた夫は私を見るなりそんな言い訳をした。が、私は一言も口をきかなかった。

『彼は、雷嫌いの私を知っていながら途中で置き去りにしても、平気で自分ひとり家に帰れる奴なんだ』

『思いやりの気持ちなんかはこれっぽっちもなくて、全くの自己本位なんだ……』

様々な思いが、平静でない私の頭の中をかけめぐった。そして夫に対して信頼できない感情だけが残った。

後になって思えば、それは自立できていない私の甘えの感情であったのかもしれない。しかし、雷恐怖症も昔ほどではなくなっていたが、戸外での激しい雷はやはり怖かったのだ。

春雷、夏の夕立、冬の雷など、それぞれの季節の風物詩として眺める分には、趣があっていいものだが、現実のあの光と音には、いつまで経ってもなじめないままでいる。

４　五月のある日

ここしばらく、どこへも出かけていないので、夫とふたりで、久し振りに山の空気でも吸いに行こうか、ということになって、その日の晩に、日帰りで行ける高野山行きが決まった。高野山には、おいしい胡麻(ごま)豆腐を造って売る店があって、食いしん坊の夫は、この店のそれが大の好物だ。それを買ってくる楽しみもあって彼は上機嫌だった。

翌朝、割と早く目覚めた私は着替えをして、ふとんを押し入れに片付けてから、ふとテレビの天気予報を見る気になった。

「シベリアからの寒気が南下してきて、大気の状態が不安定になり、大阪府方面でも山沿いでは雷雨になる所があるでしょう」

と予報官が説明している。私は画面を見つめながら、山で激しい雷雨に見舞われている自分を思った。「やめておこう」急に心が変わった。

夜型で朝に弱い夫が、今朝は早くから起きて歯を磨いている。その背中に向かって、「今日は行かへんわ」と私は言った。一瞬、夫の手が止まる。「どうして」洗面を終えた彼が私に聞き返した。悪い予報の出ていることを話す私に、「予報は、あくまで予報や。そんなことをいちいち気にしてたら何も出来へん」夫は、やや怒気を含んだ声で言った。それから、確かめるように、自分も電話をかけて天気予報に耳を傾けた。一通り聞き終えると今度は黙って庭へ下りていった。

初めての子が生まれた頃、私たち親子は、戦後、応急住宅として建てられた小さな木造住宅に住まいしていた。身寄りからは遠く離れ、周りは知らない人ばかり、そんな中で、夫不在のある夜半、私は激しい雷雨で目が覚めた。とどろく雷鳴は家中のガラス戸を震わせ、滝のような雨は小さな家に、たたきつけるように降った。雷は、いすわったまま一向に立ち去る気配もなく、バリバリッと夜の大気を引き裂き、すさまじい音を立てて今にも頭の上に落ちるか、と思われた。頼みの夫は不在。私はひとり不安で落ち着かなかった。

生後間もない赤ん坊の小さな手を握って、固く目をつぶり、

「早う止んで。早う止んで」そればかりを繰り返していた。

その時まで雷を、こんなに怖いと思ったことは無かったように思う。考えてみれば過去、身辺には家族がいて、友人や職場の同僚などいつも誰かが、そばにいる暮らしをしていたのだと改めて悟った。そんなことがあってから、私の神経は雷に対して敏感になっていった。

「おとうさん、ひとりで行ってきたら……」

私は庭にいる夫に声をかけた。返事がない。仕方がないので側まで行って、もう一度同じことを繰り返した。「ひとりで行っても仕様がない。ぜひ行かんならんわけでもないし」と言った彼は、しかし残念そうだった。

大気の不安定さを示すかのように、木の葉を騒がせる風が吹き、大空の片隅では、異様な雲が現れたり消えたりした。それでも上空には青空が広がって、太陽がまぶしく顔を見せていた。

「どこが雷雨というのじゃ」

ささやかな菜園の手入れをしながら、夫のつぶやく声が聞こえる。

陽が照って風がある。こういう日には、前々から気にかかっていたマット類の洗濯をしましょうと、私は勢いよく洗濯機を回す。洗い上がったマットを二階のベランダに並べて干すと、今日はよく乾きそうで嬉しくなってしまった。「あんな天気予報を聞かずに、出かければ良かったかな」と、私は夫にすまない気持ちになっていた。

マットがきれいに乾き上がった夕方近く、北の空から真っ黒い雲が広がってきて、家の中が夜のように暗くなってしまった。そしてポツリポツリと大粒の雨が落ちてきたかと思う間もなく激しい雷雨となった。地面に白く跳ねる雨足を眺めながら夫は、

「やっぱり行かんでよかったな」

と私に言った。

夕方近くになったとはいえ予報通りになったことで、私は心のどこかでホッとしたものを感じていた。しかし高野山は、ずっと南の方角にある。今日一日、行って、行けないことはなかったかもしれない。「行けなくて良かった」と、つじつまを合わせてくれた彼に心の中で感謝した。

自己中心で頑固なばかりと思っていた夫の見せた、私への気づかいだった。

「また、いつでも行ける」

夫は重ねて言った。そうだ今度は予め、ちゃんと天気予報を聞いてからにしよう。夫の好きな高野山の胡麻豆腐は、きっと買いに行こう。激しく降る雨の音を聞きながら私はそう思った。

5　一泊の旅

「雨にならないかしら」

つぶやきながら見上げる空に、薄い雲が広がって来ている。ここ数日の晴天が今日の午後から下り坂になる、との天気予報。午後から一泊の旅に出るというのに。

数年前の晩秋、紀州の山奥にある竜神温泉を訪ねた時の、山あいの見事な紅葉が頭の片隅に残っていて、今年もまた電車、バスを乗り継いで五時間ばかりの旅に出かける事にした。

思い切って出かけた高野山行きの電車にゆられていると、いつしか線路は、単線になっていた。短いトンネルを幾つもくぐり、電車が山肌を縫う様にして走る頃、空はすっかり曇ってしまった。

終点からケーブルに乗り継ぎ、高野山山頂で乗り換えたバスでは、景色の良い右側の座席に座ることができた。バスは奥の院を過ぎてスカイラインに入り、山道にさしかかる。ところが、車窓から見える谷にも、それを隔てた向こうの山にも、紅葉が無い。谷川のせせらぎだけが、さやさやと耳になびく。そんなはずは無い、紅葉の季節なのだから。もう少し先へ行けば、もう少し……と望みを掛けるが、行けども行けどもあの見事な、山に織りなす紅葉（もみじ）の錦は見当たらない。時折思い出した様に、冴えない色に葉を染めた樹が懸命に秋を演出して見せる。

バスは、海抜一三七二メートルの和歌山県最高峰、護摩壇山に着いた。その昔、屋島の合戦から逃れて来た平維盛（これもり）が、ここで護摩をたき身の浮沈を占ったと伝えられ、この名があるという。安珍、清姫の伝説で知られる日高川の源流をなすのもこの山だ。

バスを降りて見はるかす彼方には、山々の稜線が濃く薄く幾重にも幾重にも重なり、人を寄せ付けぬ様相は神秘的でさえあった。

ここでバスを乗り換え、ここからは左側の座席に座る。左手に日高川の渓流が見えて来るあたりは最高の紅葉が見えるはずなのに、対岸の山は、華やかな紅葉の宴が果てた後のようにくすんだ色合いの衣をまとっていた。今夜の宿となる竜神温泉に着くまで、とうとう私の期待は外れに終わってしまった。今年は十一月に入ってからも、九月の夏日が続いたりしたせいかもしれない。

宿に着くと、丹前を着て宿の大きな下駄をはき、日高川の清流にかかる吊り橋を渡って大浴場へ向かう。スカイラインが開通するまで竜神温泉は、山奥の秘境の湯であった。江戸時代は紀州藩の湯治場で、今でも上御殿、下御殿などの屋号が残っている。何よりも、よく温泉地に見られる高層なホテル群の無いのが、私の気に入っているところだ。日本三美人湯のひとつと言われる、なめらかな肌ざわりの湯が旅の疲れをほぐしてくれる。

翌朝目覚めると、山あいの里は雨であった。

「やっぱり雨になったわ」

私は同行の夫に声をかけた。どういう訳か私達二人連れの旅は雨につきまとわれる。

出立の仕度が整ってからバスが来るまでに、一時間余り待ち時間が出来てしまった。雨の中を歩くと足元が濡れて嫌だったけれど、宿でぼんやりしていても仕方が無いという夫について、私も外へ出てみる事にした。

この温泉地からは、中里介山の小説『大菩薩峠』で、机竜之助が失明寸前にこの滝で目を洗って完治した、として有名になった曼荼羅の滝、そして天誅組の生き残り八人が幽閉されたという天誅倉が、散歩で行ける距離にある。曼荼羅の滝まで登るには、濡れた細い山路(みち)は滑って危ない。それで天誅倉まで行ってみようという事になった。

宿で傘を借りて外へ出る。雨が舗装した坂道を流れて行く。舗装の具合で時折、水が模様を描く。雨に濡れた山あいの里は、映えない紅葉ながら、しっとりとした晩秋のたたずまいを見せていた。二十分ばかり舗装された山道を行くと、見覚えのある小さなわら屋根が山の中腹に見えて来た。天誅倉だ。

入り口を入った所の畳半分くらいの広さの土間、そこから二階へ通じる急な階段、古びた板張りの床(ゆか)など、農家であった父の生家の納屋を思わせた。一階も二階も四帖半位の広さしかない。血気盛りの八人が、どんな風に暮らしていたのかと思う。天誅倉は以前のままの素朴なたたずまいであった。

帰りのバス停は、土産物を売る店の前にある。止みそうにない雨に、私はその店でビニールの傘を二本買った。

山里の定期バスは、道で手を上げる人があれば止めて乗せ、声をかければ停留所でない所でも客を降ろす。そんな乗り降りの度に土地の人は、「すまんのぅ。おおきに」と運転手に礼を言い、運転手も運賃を受け取っては、「おおきに」と丁寧に礼を言ぅ。

雨は小止みなく降り、バスがカーブを一曲がりする度に、山の景色は意外な展開を見せる。名勝、奇絶峡あたりへさしかかった頃、雨は土砂降りになった。川床に転がる数多くの奇岩、巨石が雨に煙ってよく見えない。

バスが終点、ＪＲ田辺駅に着く頃、雨は小止みになっていた。買った二本の傘は荷物になっただけで役には立たなかった。

6　冬の日本海を見に

「日帰りでどこかへ行こう」と夫が言い出した時は、「この寒い時に」と多少億劫（おっくう）な気がしないでもなかった。が、寒さついでに冬の日本海、それも北陸の冬の海を見たいと私は思った。便利になったもので日帰りで行ける旅行会社のツアーがあった。

一月のある日曜日、夜型朝寝坊の夫も頑張って早起きし、集合場所へ急いだ。大型の観光バスはほぼ満席。私達の座席は前から三列目。まずまずの席に当たったとホッとする。

出発してからどれくらいたったか、まぶしい程車窓に照りつけていた太陽がいつの間にか姿を消し、行く手に伊吹山が見えてきた。いつもなだらかな生駒連山を見慣れている目には、真っ白に雪化粧をし、あたりの山々を圧してそびえ立つその姿は実に雄大であった。ここからは見えないけれど、きっと大勢のスキーヤーでにぎわっているのだろう。

賤ケ岳を過ぎたあたりから空は暗く、雲も低く垂れこめ、雪におおわれた冬枯れの景色にいよいよ雪国、と思った所へいきなりピカピカッと稲妻が走った。ドドドドド……腹に応えるような雷鳴が響く。「雷ですね……」ガイドさんの声が心なしか不安気だ。いやな道連れが出来たもんだと思ったが、バスは雷を振り捨ててひた走りに走る。

幾つかトンネルを抜ける度に雪の降り様(よう)の変わるのが面白い。真横に走るように降っていたかと思えば今度は舞い上がり舞い下りるように降る。雪はいつか水気の多いぼたん雪になりフロントガラスにシャーベットのように貼りつく。忙(せわ)しく動くワイパーに跳ねのけられても次から次へと執拗(よう)に貼りついてくる。

座席の窓は、外気の冷たさと車内の暖房ですっかり曇ってしまって、外の景色が何も見えない。何度ティッシュペーパーでふいてもすぐにまた曇ってしまう。このバスは長距離の上に雪国へのコースとあって運転手二人が交替でというのが何とも心強い。

予定通り正午頃、東尋坊に着く。風や雨が強くて、さしていた傘は強風にあおられ空飛ぶ魔女の箒のようにそり返ってしまって役に立たない。とても海のそばまでは行けたものではない。折角ここまで来たものを……と残念がっていると、「上がって奥から見れば」と海のすぐそばのお店の人が声をかけて下さった。御好意に甘えて夫と二人座敷に上がらせてもらって、ガラス戸越しに荒れる日本海を眺めた。

暗い海の彼方からものすごく高い波が白い波頭をふり立てて覆い被さるようにやってくる。そして激しく岩にぶつかっては豪快な飛沫を打ち上げて砕け散る。ピューピューと風が空に鳴る。まるで台風の海みたいだ。私は海鳴りが響く部屋から、しばらくは我を忘れて北陸の冬の海に見入っていた。

午後訪ねた永平寺は降りしきる雪の中にあった。昼と夜の違いはあっても年の瀬の除夜の鐘と共に、テレビに映し出される風景そのままだ。広い坊内を順路に沿って参拝する。ちり一つなく磨き上げられた長い木の階段や廊下などに、修行僧の厳しい戒律がしのばれる。私も何日か、こうした戒律の中に身を置いて修行をしてみたい、という気持ちが頭をもたげたけれど、自分の年齢や体力を思えば出来るわけがなかった。

帰りの道中は途中で夜になった。ガイドさんがつけてくれたビデオを見たり、眠ったりしながら長い道程を、いつに変わらぬ大阪に帰り着いてみると、あの雪国を旅してきたことがまるでうそのように思われた。

昔住んでいた家の隣に、北陸から移って来られて間のない一家があった。ある晴れた寒い日、隣家のおとしよりが空を見上げて、「大阪は冬でも太陽が出るがですねぇ」と、半ば感動的な面持ちで言われたことがあった。大阪からあまり出たことの無かった私はそれを聞いてちょっとびっくりしたものだ。

そしていつだったか台風がやって来た日——それは大阪を直撃したジェーン台風の時の恐怖が、まだ生々しく私の脳裏に焼きついていた頃だった——激しい雨が叩きつけるように降り、うなる風は木造の小さな我が家を吹き飛ばさんばかりに荒れ狂った。私は不安で落ち着かなかった。その時、隣家から揚げ物をする油の匂いが流れてきたのである。こんな時にまあ、と私は驚いたものだった。

過ぎた遠い日を思い出しながら、それらのことがこの日帰りの旅で納得できたような気がした。私が北陸の冬の海を見たいと思ったのも、案外そんなところにあったのかも知れない。

第５章　毎朝の散歩と孫への思い

1　私の散歩道

万代池（まんだいいけ）

私の一日は、運動を目的とした朝の散歩から始まる。家から歩いて五分ばかりの所にある万代池公園で、午前六時半からのラジオ体操に間に合うように家を出る。

万代池公園は、真ん中の大部分が、ちょっといびつな円形をした、周囲七百メートルの美しい池で占められ、池の周囲が公園になっている。私たちはここを普通「万代池」と呼んでいる。

冬の朝の六時半はまだ暗い。雲のない日は、木々の梢にチカチカと星が瞬き、空に月が残っている時もある。それが、びっくりする程大きな丸い月であったり、日によっては鋭い鎌のような三日月であったりする。体操が終わる頃になって、漸く人の顔の見分けがつくようになる。体操がすむと、私のウォーキングの始まりだ。

六、七年前までは、体操のあと、「万代池走ろう会」の仲間たちと、池の周りを何回も走ったものだ。ジョギングブームの頃だった。腰を痛めてから私は走れない。それからはウォーキングに切り替えた。

池の周りばかりをぐるぐる歩いていてもおもしろくないので、私は体操がすむと公園を出て、街中を歩いてみようと思い立った。そして万代池を中心にして、数日がかりで東西南北を歩いてみた。その結果、西から北西の方角に当たる帝塚山、北畠方面が、車の通りも少なく、閑静な地域だと分かったので、この辺りを歩くことにした。今から五年ばかり前のことになる。

帝塚山、北畠の辺り

車の往来の激しい大きな通りから、少し横道にそれると、辺りはうそのように静かなたたずまいになる。朝が早いせいもあって、閑静な屋敷街は人通りが少ない。見通しの良い一本道で、前を見ても後ろを見ても人っ子一人いない時は、ちょっと不安になる。そんな時、遠くの方で、犬を散歩させる人の姿が見えたりすると、ホッとした気持ちになる。

地形に高低があるこの辺りは、道がまっすぐに通っていないので、うっかりすると行き止まりになる。それで道を覚えるまで初めのうちは、地図を片手に歩いたものだ。毎日違った発見があって楽しかった。

明るい邸宅が並ぶ坂道をだらだらと下りると、谷底に当たる十字路に、大きな古い家がある。白壁が少しはげ落ちた土蔵の横にある大木が、空を覆うようにして立っている。冬の間は葉をふるい落として枝ばかりになるが、春になると沢山の小さな白い花をつける。

「何という木かしら」

通るたびに私は思った。ある日、その家のご主人らしき人が、溝の掃除をしておられたので、無躾にも私は尋ねてみた。

「ニセアカシアですよ」

と、その人は教えてくれた。それからは、時折お顔を見ると、お話をするようになった。

その家の道を隔てた、お向かいのお家がまた素敵だ。高い石垣の上に建つそのお屋敷は、戦前のいつ頃建てられたものだろう。夜明けの遅い冬の朝や、どんよりと曇って暗い日など、木立ちの間から洩れる明かりが、まるで「山の中の別荘」といった趣があって、私のお気に入りの場所の一つになった。

阿部野神社

谷底に当たる所から、道は急に上り坂になる。坂を上りきった所を左にとれば、阿部野神社へ出る。この神社には、南北朝時代の北畠親房・顕家父子が祭られている。

ここは戦時中、私が小学生のころ、学校から先生に引率されて、戦地の兵隊さんの武運長久を祈りに来た、古い記憶に残る神社だ。その頃、境内には松の木が沢山あって、お参りがすんで休憩になると、友達と一緒に、地面にころがっている松ぼっくりを、ポケット一杯に詰めこんだ懐かしい思い出がある。辺りは子供でも手の届きそうな、低い松林が広がっていて、何か薄暗い印象が残っている。

それが、今見る神社は、敷きつめられた小さな玉砂利に美しく筋目が立てられ、境内は明るく、ひっそりと静まり返っている。最初私は、全く別の神社かと思った。けれど神社の名前に間違いはない。丁度居合わせた社務所の人に、お話を聞いてみた。以前のお社は戦災で焼失し、戦後になって現在のように再建されたのだという。

「いくさの神様」と誰かに聞いたので、初めのうちは、お参りすることにいささかの抵抗感がなくはなかったが、ただ散歩の途中にある神社だからお参りをする、そう思えば気にならなくなった。

高台にあるこの神社の、本殿に通ずる石畳に立って、遥(はる)か西の方を眺めると、南海電車の高架の上にある「岸の里」の駅が、丁度この場所と同じ高さに望まれる。時折朝のしじまを破って、電車の発着する音が聞こえる。

境内の西の端に、背の高いメタセコイヤの木が十数本、天を突いて林立している。夏の間、その尖(とが)った梢の上を、白い雲が悠々と行き過ぎる。秋の終わりに、細かい葉をふるい落としたメタコセイヤたちは、冬の間、その円錐(えんすい)の形を保ちながら、丁度、葉脈だけが完全に残った朽ちた木の葉のように、透け透けになって春を待つ。

私は朝早く、静寂な神社の高台から、遠くに見える風景を眺め、メタセコイヤの高い梢を見上げるのが好きだ。

神社の西の鳥居をくぐって、二十六段の石段を下りると、天神(てんじん)の森(もり)の天満宮(てんまんぐう)までは、五分くらいの道のりだ。

天神の森　天満宮(てんまんぐう)

路面電車（阪堺線）の専用軌道沿いの、細い道をたどりながら、二年ばかり前まではこの路線沿いに、いろんな草花が咲いていたのを思い出す。すぐ横のアパートに住む人の丹精だったのだろう。毎朝見て通るのが楽しみだったのに、アパートは今、全くの無人になっている。いずれ取り壊されるのだろうか。阪堺線「天神の森」駅の踏み切りを渡ると、天満宮はすぐ側だ。この辺りは、絶筆となった林芙美子の『めし』の舞台となった所でもある。

天神の森天満宮には、元禄十五（一七〇二）年に建立された本殿があり、ご祭神は菅原道真公である。境内には二抱(ふたかか)えも三抱(み)えもある、樹齢六百年と推定されるくすの大木が十数本あり、大阪市の保存樹林に指定されている。

また、茶道中興の祖、武野紹鷗(たけのじょうおう)がこの森の一隅に茶室をつくり、風月を友として暮らしていたので、「紹鷗の杜(もり)」ともいわれている。

あまり広くはない境内を、くすの大木が空を覆(おお)い、そのために、阿部野神社のように明るくはないが、古い社殿と相俟(あいま)って、しっとりと落ち着いた雰囲気をただよわせている。

石の鳥居や狛犬にも、江戸時代の年号を読みとることができる。

この辺りの地名や、阪堺線の駅名「天神の森」も、このくすの木の森からきているのだろう。

私のウォーキングは、一応ここで引き返すのだが、日によっては、ここから北へ十分ばかり歩いた所にある、天下茶屋の聖天さんまで足を延ばすこともある。

聖天山正圓寺

このお寺も、天満宮とほぼ同じ元禄の頃に建てられたもので、ご本尊は大聖歓喜天王とある。すり減った石段を上りつめると、古刹の名にふさわしい本堂や、いくつかのお堂がある。時折、お参りの人が鳴らす鐘の音が、「ゴーン……」と、遠くまでひびき渡る。

聖天さんは、春になるとれんぎょうの黄色い花が咲き、四方に幹を伸ばした桜の古木が、見事な花を開かせ、さして広くない境内は、満開の桜で埋め尽くされる。秋には高いいちょうの木に、鈴生りのぎんなんが実をつけ、台風の翌朝などは、足の踏み場もないくらい、ぎんなんが落ちている。私も万代池の友人と、夢中になって拾った年もあった。

大相撲春場所（大阪場所）の時は、ここ正圓寺が「鳴戸部屋」の宿舎になる（現在の

「田子ノ浦部屋」。二〇〇二年まで宿舎となっていた)。私はたった一度だけこの境内で、買いものにでも行ってこられたのか、紙袋を両手に下げた一人のおすもうさんに、出会ったことがある。

ここまで歩くと、一時間の予定のウォーキングが、三十分超過になる。それでも気候の良い時や、気の向いた時などは、ついつい足を延ばしてしまう。

万代池まで戻り、家に帰り着くともう八時を回っている。

朝食がおいしい。

今朝も三文の徳をしたと、私は満足する。

2 ぎんなん

夏も終わりに近いある朝、その日も私は白のサンバイザーをかぶり、ゆったりとしたグレーと白の横縞模様のTシャツに、白いジーンズ、足元はスニーカーという身なりで、歩幅を大きく、両腕を元気よく振りながら見通しのよい一本道を歩いていた。

道の片側は私立高校の長い塀が続き、塀の内側に並んだ背の高い樹々の緑が朝の光にきらめいている。反対側は道に沿って高いフェンスが張られ、その向こうにこの学校の広いグラウンドが見渡せる。

早朝出勤するらしい中年のサラリーマンが一人、足早にすれ違っていったあとは、遥か前方を犬を連れて行く人の姿が見えるだけで、辺りは音もなく静か。澄んだ空気を満喫しながら歩いていてふと気がつくと、向こうから人が来る。女性のようだ。早朝という時間帯に似合わず、いかにも所在なげに歩いている、といった感じだ。やがて、私よりは少し若いと思われる小柄な女性が、片手に持った赤い花柄の布製の巾着をぶらりぶらりと振りながら、何となく投げやりな雰囲気を漂わせて近付いてきた。私は相手から視線をそらせるようにして歩いていたが、その人は私のすぐ側まで来た時、突然崩れるように地面にうつ伏してしまったのである。

あまりにも唐突な出来事にびっくりした私は、思わず立ち止まって二、三歩後ずさりをした。女性は倒れたままの姿で僅かに頭をもたげると、こちらの出方をじっと窺（うかが）っているように見えた。こわごわ覗（のぞ）きこんだ私と目

が合うと、すぐに横に伏せ身じろぎもしなくなった。何だか嫌な予感がした私は、知らぬふりをして歩き出した。少し行ってから振り返ってみると、まるで何事もなかったかのようにサンダルを引きずりながら、巾着を振り振り遠去かって行く女の後ろ姿があった。

「なんだろう……あれは」

私はひとり呟いた。

それから一か月が過ぎた。九月の末に強烈な台風が大阪を襲い、あちこちに大きな爪痕（あと）を残して去った。あくる日、いつものように朝の散歩の途中で、急な坂道を下りかけようとしたとき、下から乳酸飲料を配達する三十ぐらいの主婦と思しき人が、脚に力をこめながら、重い自転車を押して上がってきた。

「おはようございます。昨日はえらいことでしたね」

私が声をかけると、その人は、

「もう怖（こわ）くて怖くて……」

二人はちょっと足を止めてそんな会話を交わした。朝の歩きを始めるようになって以来の顔馴染みだ。

（毎日のことなのによう頑張ってはる……）

いつも会うたびにそう思う。

坂道を下りきった所に古い鉄筋の市営住宅が三棟並んでいて、その脇に小さな児童公園がある。いつも通るのは早朝なので誰もいない。昨日の台風で、この公園にある桜の老木が根こそぎ押し倒されて広くもない公園を塞(ふさ)いでいた。奥の隅にあるいちょうの木も強(したた)かに揺さぶられたとみえて、その足元一面にぎんなんが散らばっている。その散らばっているものをぎんなんだと知ったのは、丁度去年の今頃のことだった。それまで私は、殻の固い白い小さな実のぎんなんが、いちょうの木に成るものと思っていたのである。

ぎんなんについて教えてくれたのは旧知の友だちだった。

昨年の秋、久し振りに彼女から電話があった。

「うちの裏庭にぎんなんが一杯落ちているの。取りに来ない？　臭いから嫌だっていう人もいるけど……」

「ぎんなんて臭いの？」

「ええ、臭いわ」

「ぎんなんてあの、小さくて殻の硬い、中味を茶碗(わん)むしなんかに入れる、あれでしょう？」

「そう、来てみればすぐに分かるわ。一見に如(し)かずよ」

折角の友の誘いである。それに少なからず興味を覚えた私は、私鉄で三十分ばかりの友人宅を訪れた。

広い裏庭の隅にある大いちょうの下に、肌色というか薄茶色というか、そんな色の少しぶよぶよした、大きめのさくらんぼみたいな実が沢山落ちていた。

「これがぎんなん？」

「そう、これをこうするとね」

そう言って友人がその一つを履いていたスニーカーの底で軽くこするようにして潰すと、特有の悪臭がして中から見覚えのある白っぽい種が見えた。

「それそれ、それがぎんなんやわ」

私はそう言って果肉ごとつまみ上げようとしたら
「駄目よ、素手で触ると手が荒れるから」

と、用意してあった古い手袋を貸してくれた。ぎんなんを拾いながら、これで臭くなければいいのに……と思った。

「種の中味がおいしいでしょ。だから鳥や虫に喰われないように周りを臭い果肉で守っているのやわ」

これは友人の意見だった。なるほどね、悪臭がするにはそれなりのわけがあるんだ、と私は納得したのだった。

さて、散歩の次の日、昨日の公園の側を通ると倒れた桜の老木は根っこから掘り上げられ、運び易い大きさに切断されて一か所に積み上げてあった。ぎんなんも拾われたとみえてきれいになくなっている。そして公園は普段の姿をとり戻していた。

しかし、いつもは誰もいない児童公園に、その日は珍しく田舎風な感じの太った一人の老女がいた。ひきずりそうな長いスカートをゆるやかに腰に巻いて、せっせと地面に落ちているぎんなんを拾っている。私はいちょうの側まで行って木を見上げた。台風であらかた落ちてしまったものの、ぎんなんはまだ高い枝に残っていた。でもどういう風にしてあれを落としたのだろう。はて、と首をかしげた。

「どうやって落としましたの」

老女に近付いて声をかけた。随分と白いものが混じった油っ気のない髪を、無造作に後ろで束ねた老女は、日焼けしたような大きな赤ら顔の丸い目で私を見ると、にこっと笑った。そして切断された桜の枝の中から適当なのを選び出すと、

「こうして取るのさ」

と、いちょうの木目がけて投げつけた。大波のように揺れたいちょうの枝からバラバラとぎんなんが降ってきた。なるほど、頭は使うもんだと私は感心した。老女は地面に散らばったぎんなんを、持っていたビニール袋に手早く拾い集めると、

「ほら」

と目の高さに上げ、童女のように笑ってみせた。

老女は固辞する私に「ぎんなんを分けてあげる」と言ってきかなかった。一つしかないベンチに一緒に腰を下ろすと、老女は別に持っていたビニール袋にぎんなんを分け入れながら、

「おれは北海道だ」

と話し出した。自分のことをおれと言い、出身地を北海道だと披露した。何度か北海道を旅したことのある私は、

「北海道のどの辺り？」

と訊（き）いてみたが、老女は私の知らない土地の名を言った。

老女は名をフユといって七十五歳。北海道で三つ上のつれあいと一緒に、若い時から大

きな農場に雇われて働きながら一男一女を育てた。三十五年前、息子の正一は地元の中学を出ると名古屋の小さな町工場で働きながら、僅かずつだが親に仕送りをしてきた。正一と三つ違いの妹の加代も親思いの気立ての優しい子だった。息子がいなくなって寂しい思いをしているフユに、

「加代はずっと母ちゃんの側にいるから」

と心強いことを言ってくれた。

加代が十八になった夏のことである。東京から三人の男子の大学生が夏休みのアルバイトでフユたちが働いている農場へやって来た。夏の休暇が終わってその学生たちが東京へ帰っていったあと、加代も両親の家から姿を消してしまったのである。そのとき、家にあった大切な虎の子の金も失くなっていた。

起こった出来事が信じられないフユは、無我夢中で心当たりを探して回った。しかし加代は見つからなかった。どうやら学生のあとを追ったらしい。というのが周りの人たちの一致した意見だった。フユはがっくりと肩を落とした。

「おれが加代を連れ戻しに行く」

とフユが息巻いたが、北海道でも地元から出たことのないフユが、どうして東京なんぞ

へ行って娘を探し出すことができようか。寡黙なつれあいは一層寡黙になり、
「ほっとけ」と一言、怒気を含んだ声で言うと背を向けてしまうのだった。

フユは諦めの日々の中で、長い歳月を暮らした。

去年の夏、フユは長年連れ添ったつれあいに先立たれた。

今は大阪でトラックの運転手をしている正一は、遠い北海道でたった一人になった老母が気がかりで、気の進まないフユに何度も何度も大阪に来るように勧めた。つれあいの一周忌がすんで、やっとフユは息子の所へ身を寄せる決心をした。

大阪へ来てまだ日は浅い。一日中誰と口をきくこともなく、息子の家に来てフユは孤独だった。北海道へ帰りたいと思った。

「アッハッハ」と大らかに笑うフユの、笑顔の底にある寂しさを知って私は切なかった。

老女の話に耳を傾けていて、気がつくともう午前も九時に近い。世間はすでに一日の活動を開始している。私は慌ててベンチから立ち上がるとフユに貰ったぎんなんの袋を手に、

「じゃあ、またお会いしましょうね」

と笑顔を残して別れた。

その次の日、いつものコースを歩いて昨日の小さな公園までくると、フユがニコニコ笑

いながらベンチから立ち上がった。その手に今朝も数個のぎんなんの入った袋が握られている。朝の挨拶をしながら私はちょっと困ったナと思った。フユの素朴さに好意を抱きながらも、また昨日のように遅くなりそうな気がしたからである。ゆっくり付き合ってあげられない都会の暮らしは、今のフユには冷たいものなのかもしれない。

この公園から私の足で五分ばかり行くと元禄の頃の本殿が残る古い神社がある。いつもそこへお詣りをしてから引き返すことにしている。今朝は一緒にいるフユに足どりを合わせるように、ゆっくりと歩いた。

「冥土へ行ったらおれは真っ先につれあいを探すんだ。必ず探し出してまた一緒に暮らすのさ」

太陽のような笑顔を見せてフユは言った。いいご夫婦だったんやなぁ、と私は思う。しかしその言葉の裏に、フユの寂しさが滲み出ているようで辛かった。

「神木さぁん……」

後ろから呼ぶ声がするのでふり返ると、この近くに住む山本さんだ。これから行く神社に毎日朝詣りをしている人である。

「えらい急いでどうしたの？」と私が訊いた。

「神社の裏の鳥居の所で、地面にへたり込んで苦しんでいる人がいたのよ。以前手術した足が痛んでここまで来て歩けなくなったって言うの。アパートで独り暮らしやって。家は大分遠いし、お金の持ち合わせがないのでタクシー代を貸していただけたらって。困っている時はお互いさまやから今家へ取りに行ってきたところなの」

私の家もここからでは三十分以上は歩かねばならない。自分もそんなになった時のことを思うと山本さんの親切は他人事ながら嬉しかった。

三人で裏の鳥居の近くまで来ると、向こうむきに地面にへたり込んでいる女性がいた。その人の側まできたとき、私は「あっ」と声を呑んだ。見覚えのある花柄の巾着が目に入ったのである。山本さんに従いて女性の顔の見える方へ回った。目を閉じて苦しそうな表情をしていたのは、やっぱりあのときの女だった。その時思いがけず、

「かよぉっ！」とフユが叫んだのである。

女は薄く目をあけた。そして目の前の私とフユを見た途端、大きく見開いたその目に驚愕の色が走った。次の瞬間、鋭く射すくめるような一瞥を私に投げつけると、すっと立ち上がった。そして一目散に駆け出したのである。みんな呆気にとられた。フユはすぐに後を追った。しかし十メートルも行かないうちに立ち止まり、巾着を握りしめて逃げていく

女の後ろ姿を茫然と見つめていた。

「娘さん？……」

近寄って、私は労るように訊ねた。目に一杯泪を溜めたフユは力無く首を横に振ると、

「人違いだ……」

と小さく呟いた。そうして肩を落とし俯いたまま、独り神社の玉垣に沿った道を帰りかけた。

「その辺まで一緒に行きましょう」

と言う私に、

「いんや、ええ」

きっぱり言うと、フユは両手を後ろで組みゆっくりゆっくりと道を曲がっていった。鳥居の下に、ぎんなんが五つ入ったビニール袋が落ちていた。フユが落としていったものだ。あした渡してあげよう、そう思って私は拾い上げた。

木枯らしが吹いて、児童公園のいちょうもすっかり黄色い葉を振るい落としたというのに、あれからフユは姿を見せない。

あのときフユは人違いだと言ったけれど、私にはそうは思えなかった。故郷を捨て都会に出た加代にも、悪臭を放つぎんなんの果肉のように、自分を守る何かがあったとすれば、その生き方もまた違ったものになっていたのかもしれない。

私はそんなことを考えていた。

3　長居公園

今年の二月、冬の日の夕暮れも近い頃、私は冬木立の続く長居公園を散歩していた。

「あれは、何だろう……」

遠くから聞こえる異様な物音に、耳をそばだてた。その音は歩くにつれて、だんだん近くなり、公園の外周道路に沿った竹やぶの続く所まで来ると、一層激しくなった。そしてそこまで来て、漸くそれは、日暮れが近くなって、ねぐらに集まってきた膨大な数の、雀の大合唱であることが、わかったのだ。

ざわざわと揺れる竹やぶの中に、どれだけの数の雀が潜り込んでいるのか。竹やぶ全体が湧き上がる様な、耳を聾するばかりの喧噪だ。その時、ふと空を見上げて私は息をのんだ。雀の大群は竹やぶの中だけではなかった。

竹やぶの向こうに、あれは何の木か、大空に向かって大きく枝を広げた、背の高い落葉樹が一本。未だに枯葉が散りもせず、茶色くなったまま、びっしりと枝に付いている、と最初私は錯覚した。次の瞬間、枯葉と見たのは、これまた膨大な数の雀の大集団とわかった驚き。さながら生きている枯葉のように、絶え間なく動き回り、かしましく、さえずりながら枝という枝を、びっしり埋め尽していたのだ。それが一瞬、何故か黒い大きな塊になってぱっと空へ舞い上がった。上空で大きく広がり右へ流れるか、と見ると一斉に、さっと翼を返して左へ。高く低くを何度かくり返した後、吸い寄せられる様に、また元の樹に戻って行った。

「へぇー、雀も大群となると、すごいもんだ」

私は、ひとりつぶやきながら巨大な雀のお宿を見上げて立ち尽した。

竹やぶの中と落葉樹に群がる、数知れない雀の大合唱は、異様な物音となって遠くへ波及していった。

この公園は、家から自転車で走って十分あまりの場所にある。折を見ては、散歩に足を延ばす。毎年一月に行われる大阪国際女子マラソンで知られる長居陸上競技場は、この広い公園の中にある。一周およそ三キロメートルの、この公園の外周道路を歩いていると、走る人、歩く人、車いす競走や、自転車競走の練習に余念のない人達が、通り過ぎていく。雀のお宿を後にした私を、ジョギング・シューズの女性が一人、走って追い抜いて行った。その後ろ姿を見つめながら私は、かつての自分をその背中に重ねてみた。

かつてはジョギングに、練習に、仲間と共に走った外周道路を、今は歩く。あの頃は、走る事に思いっきり自分をぶつけた。私の第二の青春であったか。

冬の太陽が、赤く大きく、今日の最後の光を放ちながら木立の間を、ゆっくりと沈んでいった。

あれから、ひと月ばかりして、あの時と同じ日暮れ時、例の竹やぶのあたりへ来てみた。あれ程、喧噪(けんそう)を極めた雀の大群は何処へ行ってしまったか。竹やぶも、その向こうに見える落葉樹も枝ばかりを大きく空に伸ばして、ひっそりと静まり返っていた。

あれは一時(ひととき)だけの現象であったか。二月が来れば、また雀のお宿になるのだろうか。今は、あたりの静けさが妙に寂しかった。

かつては、ここで全身を傾けて走った自分があった。つい先頃には湧き上がる様な雀の大合唱があった。そのどちらにも、あふれるばかりの躍動感があった。今、夕暮れ時の静けさの中に、それらが何か懐かしいものの様に私の脳裏を、よぎっていった。

４　住吉神社の灯ろう

桜花らんまんと咲く春の朝、私は散歩の足を住吉神社まで延ばしてみる気になった。道に四角い模様のれんがを埋め込んだ、史蹟を訪ねる為の道しるべをたどりながら、三十分ばかり歩いて、漸く神社の北の門に着いた。

正しくは住吉大社。私達は住吉神社、もしくは親しみをこめて住吉さんと呼ぶ。普段はあまり訪れる事は無いが、たまに来る時は近道のこの門から入る。けれど今朝はゆっくりと正面へ回ってみる事にした。

大阪でただ一つ残った路面電車が、神社の前の広い道をコトコトと走る。中央の大鳥居の左右に、ずらりと沢山の古い灯ろうが立ち並ぶ。見上げるばかりの大物もまじる。

向かって左端、神社の北西のすみにかなり時代を経た背の高い石碑の立っているのが目にとまった。ここに、こんなのがあったのかな、と思いながら近寄って丹念に眺める。味わいのある太い文字で「さんけい道」と深く刻まれてあった。上部に火袋がついていて常夜灯になっていた。横手に「慶應二年……」と記されてある。

「へぇー。慶応二年といえば、幕末、明治維新の頃じゃないの」

私は驚いた。その頃からずっとここに立っていたのかな。すっくと立ったその姿をもう一度、感慨をこめて見上げた。

道しるべの慶応二年につられて、住吉神社の灯ろうの年代を調べてみる気になった。手始めに近くにあったものから、灯ろうの横手もしくは裏側に刻まれた年代を見て歩く。文化・天明・享保・寶暦……。多分、江戸時代だろうか。ぼう大な数の灯ろうは一日ではとても見きれない。その日はお詣りをすませて引き上げた。

あくる日、一つ一つの灯ろうの戸籍をメモしている私に「何してはりますの」と、犬を連れて散歩に来た年輩の女性が、近づいてきた。「灯ろうの奉納された年代をみてますの。大方は江戸時代のものらしいですわ」と、私は答えた。「へぇー。わたしら、生まれてから六十五の今の歳になるまで、ずーっとこの近くに住んでますけど、そんなん気いつけて見た事おませんわ。そんなに古いんですか」と驚いていらっしゃる。私もそうだったけれど案外そんなものかもしれないなと思った。しかし、こんな事をしている私は余程ひま人かな、と一人で苦笑する。

見上げるばかりの巨大な灯ろうも数多く、「絞油屋（しぼりあぶらや）仲間」「薪仲買仲間」「灰屋株仲間」「翫物商（がんぶつ）」などと、大きな台石に深く彫りこまれてある。同じ品物を商う人達が集まり、その積荷と航海の安全を祈願して奉納されたものと思われる。住吉神社（さん）は海の守り神であり、昔はこの近くまでが海であったそうな。そして、江戸・薩摩・阿州・越中……と、奉納された人達のお国元も台座に深く刻まれ、大阪を大坂と書いてあるのも、その時代を思わせるに十分であった。海にはかかわりの無いと思われる「京飛脚仲間」というのもあった。それにしても、百三十年、二百年、若しくはそれ以上もの風雪に、びくともせず立ちつくしている偉容は、たいしたものだ。

映画・テレビなどの映像や、活字や絵の世界でしか知らなかった江戸時代が、こんな身近な所で残っていようとは。

折から、高い木の梢より春落ち葉がバラバラと音を立てて、こぼれ落ちる。木の間から漏れる光の中を、落ち葉を踏みしめて歩くうち、どこからか薄く煙がただよってきて、かすかに落ち葉を焚く匂いがした。ああこの匂いは秋だけのものではなかったのだと気がつく。

広い広い境内を散策するうち、幾つかの句碑や歌碑に出会った。そして小さなお社の横に川端康成の文学碑を見つけた。

反橋は上るよりも、おりる方がこわいものです。私は母に抱かれておりました。

《川端康成『反橋』より》

住吉神社のシンボル、朱塗りの反橋（太鼓橋）は、あたりの緑に囲まれて、その優美な姿を今日もくっきりと池の水に映していた。

三日かかってメモしたものを、調べてみた。徳川四代将軍家綱の頃の寛文十一年というのがあり、それ以降の年号の殆どを見つける事ができた。徳川の世も安定した頃から、灯ろうの奉納も始まったのか。それ以前のものは次第に淘汰されていったのだろうか、などと勝手な想像を繰り広げる。

うっそうとした木々の緑を背景に、泰然と立ちつくす沢山の灯ろうは、どれだけの人の生き死にを見つめてきた事か。大河ドラマ『翔ぶが如く』は徳川幕府も終わりに近い頃の話である。江戸時代が急に身近に感じられたここ数日であった。

5　カモのお話

大阪で唯一つ残った路面電車、上町線。帝塚山の停留所を少し東に入ると、目の前に美しい公園が姿を現わす。クスやケヤキの木の間から、豊かな水をたたえた池が静かなたたずまいを見せる。ここは大阪市の南に位置し、近くには住吉大社や帝塚山古墳などがある。

この公園は中央の大部分を周囲七百メートル余りの大きな池が占める。万代池だ。

毎年沢山のカモがこの池に渡って来るのは、木枯らしが水面にさざ波を立てるころ。

池には三つの小さな島があって、その一つに両岸（ぎし）から石造りの橋が架かり、あとの二つは無人島で野生の鳥たちの楽園だ。公園の周りや島々は緑豊かな樹木におおわれて、大都会の中とは思えない静かなたたずまいを見せている。

桜の花がちらほらと咲き始めた春の日、私は一冬（ひと）をこの池で過ごしたカモが旅立つところを偶然に見かけた。いつもは滅多に高く飛ばない彼らが、その朝は二羽、三羽と、意を決したように次から次へと水面を離れ大空目がけて飛び立った。五十羽くらいの群れになると、また来る時の覚えの為か、一冬を暮らした名残りにか、池の上空を二度ばかり大きく旋回して、まだ沢山残っている仲間に先がけて雲間に姿を消して行った。それから数日後、あんなに賑やかにいたカモは、すっかりいなくなってしまった。

しかし、数年前からなぜか一羽だけ仲間に外れて旅立ちをしないカモがいる。濃い緑色の頭部に白い首輪をはめ、羽根の色の美しい雄だ。仲間たちがすっかりいなくなった後、先住者の数羽のアヒルと仲良く暮らしていたのに、今年は少し事情が違った。アヒルたちがこのカモを追い回し、つつきまわしていじめている。悲鳴をあげて逃げる様子を見て、私はかわいそうになった。いったいどうしたというのだろう。

そんなある日、水際の石の上で例の雄カモが何と、一羽の雌ガモと一しょにいるところを見かけたのだ。それぞれ一本足で立ち、大きくふくらませた羽根に頭を埋め、お互いに満ち足りたように寄り添ってまどろんでいた。そう、今年はこの雄につき合って残った雌のカモがいたのだった。「やったネ!」私は何だか嬉しくなった。そして今まで仲良くしていたアヒルにいじめられていたわけがわかったような気がしたのだった。

ところが何日かして折角の雌の姿が見えなくなった。たった一羽で季節後れの旅立ちをしたわけでもあるまい。何かにやられたのかと気にかかった。

水草が池の水面一杯に広がり、木々の緑も日増しに濃くなってきたころ、水草の中に元気な雌の姿を見た。やっぱりいたんだ、よかった——と思ってよく見ると、雌ガモの側の水草が何か動く。何と小さなヒナたちだ。ヒナが誕生していたのだ。バンザイ――。何かしら感動に似たものが身内を走った。人の思いは同じか、ヒナを連れたカモを見つけた人たちは一様に足を止め、優しい面持ちで命の誕生を祝福しているようだった。

それからは犬を連れて散歩に来るおばさんや、体操がすんで池の回りを歩く人たちの間で毎日のようにヒナのことが話題になった。

「最初は八羽いたのよ。それが六羽になり、今じゃ五羽になったわ」「体長が七、八十センチもある大きなタイワンドジョウにやられるそうよ」「ほんと？　そんなのがこの池にいるのかな」「どうかして親が守ってやれないのかしら」日に日に減っていくヒナを案ずる声が、公園のあちこちで聞かれた。

そうこうするうちにも五羽のヒナは日増しに大きくなるようだ。お父さんカモ、お母さんカモ、それにヒヨコよりも少し大きいくらいにまで育った茶色いうぶ毛のヒナたちが、「グヮ」「グヮ」と鳴き交わしながら水際を泳ぐ様はまことにほほえましく、眺める人の心を和ませた。これをカメラに収めようとシャッターチャンスをねらう人や、家族連れで見に来る人たちで池の周りは賑やかだ。私も、親ガモにまつわるようにして遊ぶヒナたちを見て、自分の子育てのころに思いを重ねていた。

うっとうしい梅雨に入ったある日、とうとうヒナは三羽になってしまった。タイワンドジョウに食われるのか、何にやられるのかはわからない。これも自然界の掟なのか。

ヒナたちの成長は早い。島の浅瀬の水溜まりで、彼らは親子揃って水浴びをする。まだ十分に伸び切っていない羽根を、親に真似てせい一杯に広げ、懸命に羽ばたいて水滴を振るい落とす仕草は、もう立派な子ガモだ。

しばらくすると親たちは子から幾分離れた所で、子らの遊ぶ姿を見守るようになった。

真夏の太陽が照りつけ、蝉しぐれがふるころには、親と子は全く別行動をとるようになった。子離れの時期が来たらしい。ちょっと見たところ親と変わらぬ大きさにまで育ったものの、いつも三羽かたまっている子ガモたちは、まだ何となく頼りなさげだ。

秋がすぎ、冬の訪れと共に渡って来る沢山の仲間たちに混じって、やがて遠く旅立ちをするその日まで、どうか無事にたくましく成長して……と祈る思いで私は今日も子ガモたちを見守っている。

6　孫と私の自立

久し振りに、三歳半の孫が遊びに来た時のこと。トイレで用を足して出てきた孫は、トイレに入る前に脱いだパンツを、なかなか、はこうとしない。誰かに、はかせて貰おうという魂胆である。やっと近頃、ひとりで用を足せるようになった彼にとって、パンツを脱いだり、はいたりは、かなり面倒なものらしい。私が、おだてたり、すかしたりして、はくように言っても、逃げ回っている。つかまえて、はかせようとした時、それを見ていた夫が、

「おまえは、そんなに大きくなっても、自分でパンツも、はけんのか」

と孫の顔をじっと見て言った。とたんに、彼は、きゅっとパンツとズボンをはき終え、昂然と祖父を見上げたのである。

夫の言葉は、いたく彼の自尊心を傷つけたようだった。しかし私は、これも躾の一つの方法、と思った。

孫の小さな頭に手を置いて、夫は言った。

「ちゃんと出来るやないか」

それを聞いて、彼の頬の緊張がゆるみ、下を向いて、てれ笑いをした。

最近私は、自分の精神的自立に疑問を抱くようになった。春の終わり頃、病気をしてからである。

私は、無意識のうちに、かゆい所へ手の届くような肉親の看護を期待していたのかもしれない。それが、いろいろと思うに任せない時、私の気持ちは苛立った。過去、反対の立場の時は、あんなにも献身的な世話をしてきたのに……。そうした思いが、頭の中をかけめぐる。

病床にあって私は、さまざまに考えた。身近に看護を頼む者が、いなくなった時、それを職業とする人に、どれだけの我儘が言えるだろうか。私は肉親への甘えと、依存心の強さを思い知ったのだった。口ぐせのように「私は淋しがり屋だから」と言っていた言葉は、依存心の裏がえしであったか。

確かに、支え合って人は生きている。甘えや、依存心は、支え合いでなく、もたれかかりだ。私も、三歳児の孫と一緒に、自分自身の為に、自立へむけて、成長していかなければ、と思ったことであった。

7　いたずら盛り

玄関の扉が勢いよくあいて、かわいい野球帽をかぶったやんちゃ坊主が二人、先を争うように我が家に上がりこんできた。

「こんにちは、の御挨拶は？」と促す母親の声をしり目に、もつれるように居間に入ると、兄の方が、しっかりと手に持っていたテープをビデオ・デッキに入れ、あちこちのボタンをカチャカチャと押して画面が出てきたのを見届けてから、やっと二人は畳に尻を落ち着けた。「家の中でおとなしくさせておくには、これに限るのよ」と、借りてきたばかりのビデオテープのアニメーションに目をやりながら、私の娘である彼らの母親は言った。

彼女の職場が夏休みに入って間もない日のことである。五歳と四歳の孫はいたずら盛り。少しもじっとはしていない。なのによくもまあ飽きもしないで、と思うくらい二人は繰り返し繰り返し同じアニメの画面に見入っている。おかげでこちらは大助かりだ。

そろそろ何か欲しいと言ってくるころかな、と思っていると、弟の勇二が台所にやって来た。勝手に冷蔵庫をあけ、庫内を見回している。丁度彼の目の高さに様々な食品が並んでいる。彼の視線は丹念に上から順に下へと動く。そして、たった一切れ残っているスイカに目を止めると、「勇ちゃん、スイカ食べる」と、のたもうた。困ったな。あれは夫が「あとで食うから、残しておいてくれ」といったものだ。

「あれはおじいちゃんの分だから、りんごかグレープフルーツにしたら？」と私が言うと「勇ちゃんは、スイカを食べる」と、再度宣言する。「だったら、おじいちゃんに『食べていいですか』と聞いておいで」と私に言われて、彼はパタパタと足音をさせて夫のいる部屋へ行ったと思う間もなく、「あかん、て」と、ふてくされて戻ってきた。

「あとで買うてきてあげるから、今は外のにしようね」と言っても、「なんでおじいちゃんだけが食べるの。おじいちゃんはずるい。勇ちゃんはスイカが食べたい」を繰り返す。繰り返しながら食卓の周りを、ぐるぐる回り始めた。駄目と言われて余計意地になっているその様子が滑稽でありおかしくもあった。

「いい加減にしなさい！」ぴしゃりと母親に叱られ、むくれて台所を出て行った。

「スイカぐらい、やればいいのに」私は夫に言った。「今の子供は、何でも自分の言う通りになると思っている。『我慢する』ということも教えないといかん」と、元教師の夫は言う。なるほど、躾の問題か。おばあちゃんは、つい甘くなっていけない。

しばらくして激しく叱責する娘の声がした。また何かやったな。居間では勇二が、置時計の振り子の飾り人形をぽっきり折ってしまい、振り子は無様（ぶざま）な形で停止している。叱られて彼は私の方をそっと見る。助けを求めている。甘くなってはいけない。私は知らん顔をする。

「ちゃんと、おばあちゃんに謝りなさい」母親の声に押されて、「ゴメンナサイ」小さな声でつぶやく。「ほんとにもう。謝ってもその時だけなんだから」娘はカッカしている。

今までにも、扉の取っ手にリボンを結んで下げてある、お土産にいただいたカウ・ベルを引きちぎったり、針山にさした色とりどりの待ち針を、押し入れの中一面にばらまいたり、夫が長い間丹精した大輪の菊を、アッという間にむしり取ったり、実にいろんなことをやってくれた。

こういう時期を経て成長していくのだろうが、これではどこへ行っても歓迎されないのでは、と気にかかる。兄の方は、こういういたずらはしなかったが、これもそれぞれの個性か。この年齢の男の子に、「家の中では、おとなしくしていなさい」という方が無理なのかも。一歳と八カ月しか年の差のない兄弟（あにおとうと）は「双子みたいね」とよく人にいわれる。

そして、「二人寄ると四人分のわるさをしてくれる」と母親は嘆く。けれど、いたずら盛りはまた可愛い盛りだ。

あらしが通り過ぎたように、孫たちが帰って行った日から何日かして、娘から電話があった。彼女の夫の実家がある瀬戸内の島からだ。「チビたちは今日、田舎のおじさんに伝馬船に乗せてもらって海へ出て、それは大喜び。突堤近くまで戻ってくると、今度は海に飛び込んだりして大はしゃぎ」

元気一杯の彼らが目に見えるようだ。そして海の大気を一杯に吸ってか、彼女の声も心なしか大らかに聞こえる。

いたずら盛りの彼らには、広い広い大自然の中が一番似合うようだ。

8　時計の音

妙に静かだな、と思って見上げると案の定、柱の古い時計が止まっている。普段から耳慣れたカチカチと時を刻む音が、ふっと途絶えると、六畳の居間は、しん、と静まり返って妙に落ち着かない。私は踏み台に上(のぼ)って、長年の間に色がくすんでしまった時計の、ガラスの扉をあけた。

縦長の上半分は算用数字で描かれた文字盤で、下に振り子がぶら下がっている。文字盤の4と8の数字の内側に、丸い二つの鍵穴がある。とんぼが翅（はね）を広げたような形の鍵を片方の穴に差しこんで、動かなくなるまでキリキリと左に回し、もう片方も同じように回した。そして円形の振り子をちょいと動かしてやると、生き返ったようにカチカチと音をたて始めた。

私が結婚して間もない頃、訪ねてきた夫の大学時代の友人が、新居に小さな置時計が一つしかないのを見て、持ってきてくれたものだ。時刻がくればその数だけチーン、チーンと澄んだ音を響かせて、時を報（しら）せてくれる。あれから四十数年も経つ。二度の引っ越しにもついてきた。

故障ひとつしなかったのが、十年ほど前、捻子を一杯に巻いても暫くすると止まってしまうようになった。

「これだけ使えばもう充分だ。いい、ひまをやろう」と、夫は長い年月一緒に暮らした時計をつくづくと眺めて言った。

「ほんとうに長いことよく動いてくれたわ」

私も労（いたわ）りをこめて、いずれすぐに止まってしまうとわかっている振り子を、これが最後と、そっと動かしてやった。

ところがである。驚いたことにそれからあと、古時計は正気を取り戻したかのようにカチカチと動き出したのである。そのまま一日が経ち、二日が過ぎた。

「こんなことってあるかしら」

「ひまを出されてはかなわんと思うたのかもしれんな」

「ひょっとしたら、わたしたちの話を聞いていたのかも……」

その時私は、長年馴(な)れ親しんできた古時計が、魂あるもののように感じられたのだった。古い時計を処分して新しいのに買い替えるつもりが、それができなくなってしまったのだ。

私の子どもたちは、この古時計の音を聞いて育ち、成人していった。

同じ市内でもずっと北の端に住み、結婚後も働いている末娘の由紀子が、土曜日の午後、孫の勇二を連れて二か月ぶりに顔を見せた。

「おや、兄ちゃんはどうしたの」

いつも一緒にいる片方がいないと何となく物足りない。勇二ひとりで来たのは初めてだ。

「十日ほどうちに来ていたお姑(かあ)さんが、昨日帰るときに浩一を連れていったの」

荷物を居間に運び入れながら由紀子は応えた。

「勇ちゃんも一緒に行きたかったかな」

私は相棒のいない勇二の顔を覗きこんだ。

「ううん。ぼくお母さんと一緒の方がいい」

勇二は甘えるように由紀子にまとわりついた。そうか、兄ちゃんがいないと母親を一人占めにできるんだ。それに普段は忙しくてあまり構ってもらえないものネ。三人きょうだいの真ん中に生まれた私は、勇二の気持ちが分かる気がした。

「二人寄ると四人分のわるさをする」

いつもそう言って由紀子を嘆かせている孫も、独りだとおとなしい。台所に続く居間で勇二は持ってきたアニメーションのビデオに見入っている。

私は由紀子と一緒に台所に立って、夕飯の段取りをしながら、積もる話に花を咲かせていた。

つい今しがた、時計が五時を打った。

と、居間にいた勇二が、足音も立てずにそっと二人の側にやってきた。そして由紀子のスカートをしっかりと握りしめ、押し殺した声で、

「時計が鳴った……」

怯えたような目で母親を見上げた。古時計の中に、アニメーションに出てくる妖怪が棲

みついている、とでも思ったのか、不安そうに落ち着かない様子だ。

何事かと思った由紀子は、おかしくてたまらないように、

「アハハハハ……。時計が鳴るのは当たり前やないの」

と、大きな声で笑った。

勇二は、もうひとつ納得のいかない面持ちで、しかし何か悪いことをして叱られたあとのように俯いてしょげ返った。

不安で一杯の自分をかばってくれるはずの母親に大笑いされて、気持ちの持っていき場を失くした勇二は、もじもじと突っ立ったままでいる。

「今まで何べん来たかしれへんのに、おばあちゃんのうちの時計が鳴るのを知らなかったの……」と由紀子はあきれたように言った。

「うん」と勇二はあごで小さく頷いた。

浩一と一緒の時は、時計の鳴る音なんてまるで耳に入らなかったに違いない。緊張していた頬がゆるみ、ホッとしたように勇二は居間へ戻っていった。

その時不意に、すっかり忘れていた遠い遠い日のことが、私の脳裏に蘇ってきた。

由紀子は独り、テラスで機嫌よくままごと遊びをしていた。三歳ぐらいの頃である。私が台所の流しで洗いものをしていると、突然バタバタと足音がして由紀子が駆けこんできた。左寄りの胸の辺りをしっかりと両手で抑え、

「おかあちゃん！」

と、不安なまなざしで私を見上げた。その様子にびっくりした私は、

「どうしたの」

あわてて濡れた手をタオルで拭くと、由紀子と同じ目線にしゃがんだ。

「由紀ちゃんのここが、トントンいうの。何か居る……」

ままごとをしていて、ふと胸の鼓動に気づいたのだろう。

びっくりした分、ホッとするやらおかしいやらで、

「何も居ないの。由紀ちゃんが元気だからトントンいうのよ。死んだらいわなくなるの」

笑いながら抱きよせて背中をさすってやった。由紀子は安心したように笑顔を見せると、ままごとの続きをするのか、テラスへ下りていった。

大人の意表をつく幼子のおどろき。自分にも幼児の頃、おんなじようなことがあったのだろうか。黄泉の国へ行った母に訊いてみたいと、私は思った。

ふり返ってみて

明治生まれの私の母は寡黙（かもく）な人でしたので、母の子供の頃や、若い日のことは、あまり聞かせてもらったことはありませんでした。明治や大正の時代を生きてきた母のことを、もっと知りたいと思って、

「思い出すままに書いてもらえたら」

と、母に頼んでみました。しかし、面倒だったのか、私の願いは叶（かな）えられませんでした。

それを今度は、自分が書いておく番になったのではと思いました。いつの日か、私の子や孫が、興味をもって読んでくれれば、そんな思いがあったものですから、私の子供の頃（昭和の初め頃）の服装や、生活の様子などは、特に留意して書こうと思ったのでした。

平凡な家庭に育ち、平凡な一主婦として生きてきた私には、起伏に富んだ人生経験や、華々しい経歴など、人様の心を打つようなものは何もないのです。強いていえば、あの戦争の時代をくぐり抜けてきたことでしょうか。これは、同じ時代を生きてきた人々と共通の苦しい思い出です。

今から思えば、それは大変な時代でした。私が物心ついた頃は、すでに戦争は始まっていました。子供の頃、『愛国行進曲』とか『父よあなたは強かった』そのほか、多くの戦意高揚の歌が巷に流れ、小学生だった私も、よく歌いました。そして、

「今は非常時だから、何事も我慢しなきゃ」

という大人たちの、非常時という言葉を、当たり前のことに聞いて育った私でした。非常時でない時代、つまり平和な時代を知らなかったのです。

やがて「本土決戦」が叫ばれ、毎日のようにくり返された空襲にも、幸いにしてわが家は戦災を免れたのでした。そして両親も姉弟たちもみんな無事に、終戦の日を迎えることができました。が、その（終戦の日の）前日、米軍のB29の猛爆撃によって、徹底的に破壊され尽くした、大阪の森の宮の陸軍造兵廠に私はいたのです。学徒動員で働いていた女学校のクラスメートたちと、必死になって逃げました。戦争が終わるたった一日前に、多くの人が死にました。そして私たちは、辛うじて九死に一生を得たのでした。二度と体験したくない恐ろしい思い出です。

私の思春期に当たる女学校時代は、まさに戦中戦後の激動の、暗い時代でした。

数年前にテレビで『火垂るの墓』を見ました。そうした戦災孤児が沢山いた現実をよく

知っている私たちの世代にとっては、切なく、つらい話でありました。

私はそのアニメーションを見て、戦後、父が失業してしまった私たち一家は、食うや食わずの暮らしだったあの頃でも、両親がいて、姉弟がみんな揃っていたということは、どんなに幸せなことだったのかと、改めて思ったことでした。

戦争という、暗くて長かったトンネルから、ようやく抜け出して、少しずつ世の中が復興しつつあった、昭和二十三年の春に、私は女学校を卒業して就職し、青春時代を迎えました。

あれは、私が就職してどのくらい経った頃でしょうか。戦地から復員して、会社に戻った青木さんが、

「南方の島にいた時、『生きて日本へ帰れたら、もう一度あの御堂筋を歩きたい』と、何度思うたかしれない」

そう、私に話してくれたことがありました。その青木さんと、会社が退けたあと、西に傾いた太陽に長い影を引きながら、ゆっくりと御堂筋を歩いた日のことも懐かしい思い出です。

やはり復員してきた伊東さんは、ダンスをするには凡(およ)そ不似合いな、くたびれた兵隊服

に軍隊のドタ靴(ぐつ)をはいて、大真面目でステップをふんでいました。その一生懸命な姿に私はなぜか感動していました。

その時かかっていた、『リンゴの木の下で』や、『アイルランドの娘』などの、レコードの曲と共に仲間たちと夢中になってレッスンをしたあのころが思い出されます。

戦争を引きずった思い出だけでなくて、もっともっと、まぶしいくらいに輝いた思い出が沢山あったはずなのに、まとまった作品にはなりませんでした。

けれども文章を書き進めるうちに私の人生の中にもキラキラと輝くたくさんの時間があったことに気がつきました。

朝日を受けてキラリと光る朝露のような輝き……

それは、平凡な日常の中での小さな幸せの瞬間でした。

あとがきに代えて

今年九十三歳になる母は、腰を痛めて足が不自由になってしまいました。いつも元気に歩きまわり、マラソンや散歩で足を鍛えていただけに、腰の神経から動けなくなるなど、想像もしなかったことでしょう。足さえ動けば、口もたつし、私よりずっとしっかりしているだけに歯がゆい思いをしていることと思います。

今度、引っ越しをすることになり、荷物を整理していると、母が書き溜めた原稿が目につきました。

几帳面な母の字で綴られた原稿には、母の生きた時代のこと、平和の有難さ、生きることの大切さ、自然の美しさ、大阪の史蹟や、子や孫への思いなど、多くの内容が語られていました。それは、私や次の世代へのメッセージ。

今は、筆圧も弱く、書くことも難しくなった母が、戦中戦後という昭和の激動の時代を書き残してくれたことに深く感謝し、幻冬舎から出版させていただくことになりました。

原稿の多くは鉛筆書きです。その雰囲気を感じていただければと、巻頭ページに「ふるさと」の文を小説風に書き直した一部分を載せました。文字を通じて母の体温を感じていただければ幸いです。

二〇二三年六月　ひとみ（由紀子）

〈著者紹介〉
中村良江（なかむら よしえ）
1930年6月大阪生まれ。
大阪市立南高等女学校卒業
終戦前日、森の宮造兵廠にて集中爆撃に合うが
九死に一生を得る。
好奇心旺盛で観察力に優れている。

時(とき)をつむいで
—キラキラ輝(かがや)くのは、あたりまえの毎日(まいにち)—

2023年6月2日　第1刷発行

著　者　　中村良江
発行人　　久保田貴幸

発行元　　株式会社 幻冬舎メディアコンサルティング
〒151-0051　東京都渋谷区千駄ヶ谷4-9-7
電話　03-5411-6440（編集）

発売元　　株式会社 幻冬舎
〒151-0051　東京都渋谷区千駄ヶ谷4-9-7
電話　03-5411-6222（営業）

印刷・製本　中央精版印刷株式会社
装　丁　　大石いずみ

検印廃止

Printed in Japan
ISBN 978-4-344-94504-3 C0095
幻冬舎メディアコンサルティングＨＰ
https://www.gentosha-mc.com/